推定恋情

いおかいつき
Itsuki Ioka

フルール文庫

本作品の内容はすべてフィクションです。
実在の人物、団体、事件などにはいっさい関係ありません。

Contents

イラストレーション／緒笠原くえん

推定恋情

1

事務所の窓からは東京地方裁判所がよく見える。

藤野恵吾《ふじのけいご》はコーヒー片手に窓際に立ち、いつものように裁判所を見ながら一息吐《つ》いていた。

今、恵吾がいるのは、霞が関の一等地にある高層ビルの一室だ。この部屋だけでなく、このフロア全体を恵吾が所属するライフ法律事務所が借り切っている。所属弁護士が百人を超える大手事務所でも、個室を与えられているのは、僅か十人余りしかいない。恵吾はその限られた一人だった。

そんなエリート弁護士という肩書きに、恵吾の容姿はよく似合っていた。百七十六センチの長身に無駄な肉の一切ない引き締まった体は、自分を律することのできる人間だと印象づけられるし、銀縁の眼鏡もより知的さを醸し出している。さらには人並み以上に整った顔立ちが、恵吾を選ばれた人間であるかのように演出していた。

恵吾自身、幼い頃から挫折を知らず育ってきたおかげで、エリート意識は常に持っていた。もっともそれを表に出すほど愚かではなかった。相手を立てることも、一歩引くこともできたからこそ、今、この部屋の主でいられるのだ。

デスクに備え付けられた電話が内線通話を知らせる。恵吾の短い休憩時間は終わった。

『手が空いたら、私の部屋に来てくれ』

内線をかけてきたのは、事務所の代表である松下昭造《まつしたしょうぞう》だった。来客中でもなければ、待たせるわけにはいかない。

「すぐに伺います」

恵吾はそう答えてから、すぐさま部屋を出た。

絨毯《じゅうたん》張りの廊下を歩き、フロアの一番奥にある松下の部屋を目指す。その間に並ぶ各弁護士の個室は、松下の部屋に近づくほど、事務所内でのランクが上に設定されている。恵吾も個室を与えられているものの、まだ三十二歳と若いこともあって、他の弁護士に比べると経験も少ない。そのため、今はまだ一番遠い部屋だった。

「藤野です」

ドアの前に立ち、ノックをした後、室内に向けて呼びかける。どうぞと答える声が中から聞こえてきて、恵吾はドアを開ける。

「まあ、座りなさい」

立ち話では終わらせられない話があるのか、松下が応接ソファを恵吾に勧め、自らもその向かいに座った。

恵吾の部屋にもデスクの他に来客用の応接セットは備え付けられているが、この部屋のものは一段と豪華だった。華美ではなく、明らかに質が違うのだ。松下が顧問を務める会社は全て一流どころで、それに見合ったもてなしをすべきというのが、松下の考えらしい。

そう言うだけあって、松下は自身の身なりにも気を遣っていた。いつもオーダーメイドのスーツに身を包み、綺麗《きれい》に磨かれた革靴もイタリアの有名ブランドのものだと聞いている。恵吾の立場ではそこまで真似《まね》するのは無理でも、せめて並んで歩いて恥ずかしくない程度のスーツを着るようにはしていた。

「この事件なんだがね」

向かいに座った松下が、早速とばかりに一週間前の日付の朝刊を差し出し、社会面を開いてみせた。

これと同じ新聞ではないが、松下が指差す記事は恵吾も目にした記憶がある。都内のマンションで男性が刺殺された事件だ。

刑事事件を扱う弁護士事務所なら、松下が気にするのもわからなくはない。だが、ライフ法律事務所は民事専門、しかも顧客の大半は企業だ。個人の、しかも刑事事件を扱ったという事例を恵吾は聞いたことがなかった。

「これが何か？」

「ここにもう一人、刺されて重傷の被害者がいると書かれているだろう？　小笠原晃《おがさわらこう》司《じ》さん、三十二歳。君と同い年だな。その晃司くんは小笠原グループ会長、小笠原隆《たか》彦《ひこ》の孫なんだよ」

ようやく松下の言わんとすることがわかってきた。本来なら、関わるはずのない殺人事件も、松下が顧問を務める小笠原グループの一族が関わっているとなれば、放っておくわけにはいかない。おのずと恵吾がここに呼ばれた理由もわかってきた。

「私にその事件を担当しろということですか？」

先を読んだ恵吾の問いかけに、松下はそうだと頷《うなず》く。

「孫の晃司くんはまだ入院中だが、退院を待たずに逮捕されることになった。警察の取り調べも病院で行われるそうだ。君には至急、病院に駆けつけ、その対応に当たってほしい」

「どうして、私なんでしょうか？」

返事をする前に、抱いて当然の疑問を先に解消する。この事務所には他にも弁護士が山ほどいるのだ。恵吾以上の経験を持つ弁護士も多い。

「キャリアが長くても、皆、民事専門で、刑事事件を受け持ったことがない。こう言ってはなんだが、同じ条件なら、若い君のほうが柔軟に対応できるだろう」

松下はまずそう答えてから、大事な話をするのだとばかりに、声のトーンを一段落とす。

「それに、小笠原グループの顧問も、今は私が代表となって担当しているが、いずれは誰かに引き継がなければならない。その候補に君を考えてるんだよ」

「ありがとうございます。先生にそう言っていただけるだけで光栄です」

いささかオーバーなくらい、恵吾は感激の言葉を口にする。ここでの地位を上げていくには、トップの松下から気に入られなければならない。今でも他の弁護士に比べると優遇されているほうだが、まだ満足はしていなかった。

「君を後押しするために、今回の一件はいいチャンスだということはわかるだろう？」

松下の問いかけに、恵吾は力強く頷く。

そこまで言われては断ることなどできなかった。殺人事件はおろか、そもそも刑事事件を担当したことは一度もないのだが、なんとかやりきるしかないだろう。しかも絶対に勝たなければならない勝負だ。

「晃司さんはどちらの病院に？」

「京成大付属病院だ」

「それでは、早速、行ってきます」

幸いにして、今は難しい案件を抱えていない。恵吾が顧問を務める会社はどこも順調で、定期的な業務しかなく、物足りなく感じるほどだった。

「わかった。連絡しておこう」

これで話は終わったとばかりに、松下は席を立ち、秘書の白井《しらい》に内線電話をかけ、恵吾に資料を渡すようにと命じた。

恵吾も立ち上がり、ドアに向かいかけたが、ふと思いついて足を止める。

「最後に一つだけ……」

「なんだ？」

「晃司さんは犯人ではないんですよね？」

松下はただ晃司の弁護を引き受けるようにと言っただけで、彼の無実を証明しろとは言わなかった。恵吾はそれが引っかかっていた。

「大事なのは犯人かどうかじゃない。いかにして小笠原の名を汚さない結果にするかだ」

「……わかりました。全力を尽くします」

松下の意図は充分に伝わった。恵吾は頭を下げ、松下の部屋を後にした。

確かに松下の言うとおりだ。自分が弁護士になるまでは、『弁護士』は正義の番人だと思っていた。けれど、現実は真実の追求をすることではなく、依頼人の利益を守ることだと学んだ。今回の事件も、もし晃司が犯人ならば、いかにしてその罪を軽くするか、情状酌量を狙うかを恵吾は考えなければならない。

自室に戻り、手早く出かける準備をしていると、白井が資料を届けに来てくれた。目を通すのは病院に向かうタクシーの中でもできる。恵吾は資料を手にして、そのまま事務所を飛び出した。

さすがというのか、晃司は病院内でも一室しかないという特別個室に入院していた。バストイレ付きでシティホテル並みの設備を調えているのが売りらしい。

恵吾はその病室の前に立っていた。すぐに中に入れないのは、警察官の見張りがいたからだ。事件に巻き込まれた一般人から容疑者になったのだ。この対応は当然だった。警察官に身分を明かし、晃司への面会を頼む。

「聞いています。どうぞ、お入りください」

警察官がドアを開け、恵吾を中へと招き入れる。

室内は評判どおりに豪華だった。セパレートになったバスとトイレの他に、簡易のミニキッチンまでしつらえられている。病人に果たしてこれほどの設備が必要かと首を傾《かし》げたくなるが、付添人には便利かもしれない。もっとも、今はそんな人間はいなかった。ベッドに横になったまま、点滴の管を通したパジャマ姿の男が一人いるだけだ。

「小笠原晃司さんですね？」

「ええ。わざわざご苦労様です」

晃司は重傷を負っているとは思えないほど、にこやかな笑みを浮かべて応対する。おそらく晃司を見た十人中十人がいい男だと言うだろう。目鼻立ちははっきりとし、凛々《りり》しい眉は男らしさを感じさせる。入院中故に髪型は乱れているが、それでも短い黒髪は清潔さを印象づける。

そして、その顔に恵吾は見覚えがあった。おそらく晃司は気付いていないだろうが、半年前、恵吾は晃司を見かけていた。

恵吾が知り合いから相談を受けていたバーでのことだ。知り合いと言っても、大学時代の同期から紹介されたというだけで、どんな人間かも全く知らなかった。ただその同期が公認会計士になったと聞いたから、恩を売っておくのもいいかと思ったのだが、それが間違いだった。

自分が浮気をし、それがばれているにも拘《かか》わらず、慰謝料を払わずに離婚できないかという、非常に馬鹿げた相談内容に、恵吾はうんざりしつつ、適当に話を聞き流していた。どうせ恵吾が弁護を引き受けるわけではないし、こんな男にアドバイスするだけ無駄だ。だから、適当なところで離婚問題を得意とする弁護士事務所を紹介することで、この場から逃げるつもりでいた。

そんなときだ。後ろの席から、恵吾とは正反対に、親身になって相談に乗る声に気付いた。恋人の浮気について相談する男に、連れの男はきちんと話し合うことを勧めた。浮気されても別れようとはせず、悩んでいるのはまだ愛しているから。それなら、なおさら話し合いが必要だと、説得している。しかもよくよく聞いてみると、その恋人は男、つまりはゲイのカップルの浮気相談だった。

恵吾ならすぐに別れろと、一言で済ませてしまう相談だ。浮気されてもなお、好きだと思い続けられる同士だからこそ、こんなことで真剣に悩み相談できるのだろう。いったい、どんな顔をしているのかと、つい興味が湧き、恵吾はこっそりと後ろの男たちに視線を送った。

その相談されていた側の男が、今、目の前にいる晃司だった。だが、恵吾はそのことを言わなかった。盗み聞きしていたと思われるのは、弁護士としての信用問題に関わる。

「ライフ法律事務所の藤野です」

恵吾は内心の感情を押し隠し、平静を装って名刺を差し出す。

「親父《おやじ》から弁護士の先生が来るとは聞いてたけど、まさか、こんな若いとは思わなかったな」

同年代だったからなのか、晃司はくだけた口調で話してくる。先生と呼ばれる職種は、若いだけで舐《な》められることも多い。だから、恵吾も今更、それくらいのことで気を悪くすることもなかった。

ただ気になったのは、間違いなく、半年前にバーで見た男のはずなのに、受ける印象がまるで違うことだ。他人の恋愛相談に親身になっていた優しげな表情はなく、代わりに浮かべている作り笑顔が冷たさを感じさせる。

「もしかしたら、同年代のほうが話しやすいと思われたのかもしれませんね」

恵吾は如才なくもっともらしい口実を返した。

「警察には何も話されていないとか？」

「意図的に隠したわけじゃない。話せることが何もないんだよ」

答える晃司の表情を見つめながら、恵吾は数分前に見たばかりの事件の詳細を思い返していた。

警察から得た情報を纏《まと》めた白井の資料によると、お台場にある高級マンションの一室で、その部屋の住人、阿部高広《あべたかひろ》が胸を刺され死亡した状態で、そばには背中を刺されて重傷の小笠原晃司が発見された。第一発見者は高広の妻、阿部雪美《ゆきみ》。彼女は友人と会うために横浜に出かけていて、犯行時刻には自宅にいなかった。夜になり帰宅してから変わり果てた夫の姿を発見したというわけだ。

病院に運ばれ、治療を受けた晃司は、意識を取り戻した後、警察の事情聴取に対して、何も覚えていないと答えた。被害者の部屋を訪ね、リビングに通された途端、何者かにいきなり後ろから刺されたとのことだった。

「被害者の阿部さんは高校時代のご友人だそうですね？」

それも資料に書いてあったことだ。事件のあったマンションには、元々、晃司が一人で暮らしていた。そこに偶然、阿部が夫婦で引っ越してきて、十四年ぶりの再会となったのが二ヶ月前のことだ。一人暮らしの晃司の部屋に阿部が訪ねてきたことは何度かあったそうだが、逆に晃司が阿部の部屋を訪ねたのは、事件の日が初めてだったらしい。

「友人というか、ちょっと親しいクラスメイトって程度だけどな」

「それでは、犯人に心当たりは当然ないわけですね？」

「当たり前だろう。卒業後のあいつの交友関係なんて知るわけがない」

既に晃司が逮捕された状況ではあるが、二人は他に犯人がいることを前提に話していた。晃司が犯人ではないと言っている以上、弁護をする恵吾もそれを信じるしかない。

強盗や行き摺《ず》りの犯行ではないことは、室内に荒らされた形跡がないことや、マンションのエントランスに常駐している警備員が、その日、住人以外の出入りはなかったと証言していることから明らかだ。非常用扉もあるが、外からは開かないし、そこに取り付けられた監視カメラにも不審な人物は写っていなかったことが確認されていた。だからこそ、晃司の犯行だと疑われ、逮捕されてしまったのだ。

「事件当日のことをもう少し詳しく教えてください」

「詳しくも何も、警察に話したとおりなんだけどな」

晃司は億劫《おっくう》そうにして、やんわりと説明を拒んだ。今は病院にいるから実感が湧かないのかもしれないが、殺人容疑で逮捕されているのだ。自分の無実を証明するために、もっと必死になれと、恵吾は心の中で抗議する。声にしないのは、小笠原グループの名前がちらつくからだ。

「そもそも、どうして、その日に限って、晃司さんの部屋ではなく、阿部さんの部屋に行くことになったんですか？」

恵吾は気持ちを切り替え、質問の仕方を変えた。

それまでは晃司の部屋でしか会ったことがないと、晃司は自ら語っている。よりによって初めて訪ねた日に襲われるというのが、不幸な偶然すぎる気がした。

「奥さんが出かけて帰りが遅いから、気兼ねなく飲めると言われたんだよ。ずっと俺の部屋ばかりだったのを気にしてたのかもな」

納得できる理由ではあるが、腑《ふ》に落ちない。恵吾が難しい顔をしているのを、晃司が見咎《みとが》める。

「もしかして、先生も俺を疑ってる？」

「疑えるほど、まだ何もあなたのことを知りませんから」

素っ気なく答える恵吾を見て、晃司は一瞬、呆気《あっけ》にとられたように言葉を詰まらせたが、すぐに表情を崩し、吹き出した。

「そこは信じていると答えないと駄目だろ。生意気だから弁護士を代えてくれと俺が言うだけで、この先の先生の人生が大きく変わるんじゃないの？」

言われ慣れている『先生』という言葉も、晃司のこの口ぶりでは馬鹿にされているようにしか聞こえない。それでも、これくらいで顔色を変える恵吾ではなかった。感情を表に出さず、冷静そうに見せるのも弁護士の務めだ。

「私がお気に召さないのでしたら、残念ですが、松下にそのように申し伝えます」

「動揺しないんだ。さすが、若いのに厄介な仕事を任されるだけある」

晃司はまるで他人事《ひとごと》のように、客観的な視点で恵吾を観察している。逮捕されているというのに、どうしてこんなに余裕の態度でいられるのだろうか。いや、むしろ、どうなってもいいと思っているからこその態度のように感じられる。

「ま、言わないけどな。誰が来ても同じだし」

恵吾の想像を裏付けるかのように、晃司は投げやりに言った。

「そろそろいいか？　こう見えても、結構な重傷なんだ。長話は傷に響く」

「警察の取り調べにもそう仰《おつしや》ってるんですか？」

「ああ。とりあえずさっきはそれで帰った。医者もそう言ってくれてるんだろうな」

晃司の様子を見ていると、そこまで重傷のようには思えないのだが、医者も小笠原の名前を重く見て、いろいろと便宜を図っているのだろう。恵吾にしても、本人に拒まれては長居はできない。

「これは失礼しました。では、また明日、お伺いします」

「いや、次に会うのは裁判前でいいだろ。そのほうが無駄な時間が省ける」

「無駄かどうかは私が判断します。それでは失礼します」

恵吾はもう晃司の返事を待たずに、言いたいことだけ言って病室を後にした。恵吾が弁護しなければならないのは晃司でも、依頼人は晃司の祖父だ。晃司の言いなりになってなどいられない。

何が晃司をあんなに投げやりにしているのかはわからないが、殺人を犯した人間には見えなかった。もっとも、恵吾の持った印象など意味がない。事実がどうであれ、恵吾にとって大事なのは、依頼人の望む結果を出すことだ。そのためには、晃司と信頼関係を築かなければならない。たとえ、晃司にその気がなくてもだ。

見返りが大きい分、厄介な案件であることは間違いない。おまけに畑違いだ。けれど、恵吾はかつてないほどのやる気に満ち溢《あふ》れていた。

恵吾はこれまでの人生で、何かに百パーセントの本気を出した経験がない。司法試験でさえも、世間で言われているほど難関だとは感じなかった。成績だけでなく、容姿も人並み以上に恵まれていたし、晃司と比較すれば庶民だが、一流企業に勤める父親の下で、何不自由なく育ってきた。そうやってあまりにも順調すぎる人生を過ごしてきたために、恵吾には人の痛みを理解する力が欠落していた。それは他人に指摘されるまでもなく、充分に自覚している。真面目に恋愛相談に乗っていた晃司のことを覚えていたのも、あまりにも自分と違いすぎたからだ。

そんな恵吾にとって、この弁護は大きな転機になる気がした。企業相手とはいえ、その企業を動かしているのは人間だ。今後のためにも、一般的な人付き合いくらいできなければと、最近、思い始めたところだった。恵吾が自分より上位ランクにいる先輩弁護士たちと比べて劣っているのは、経験と人付き合いだけだからだ。

病院を出たその足で、恵吾は事件の所轄署である臨海署に向かった。既に担当する刑事の姿が病院にはなかったため、晃司を逮捕するに至った詳細を自ら確認しておくためだ。

「ライフ法律事務所？　さすが小笠原グループだと言いたいところだけど、刑事事件なんか扱ってましたっけ？」

恵吾が名乗ると、担当刑事が訝《いぶか》しげな顔で問いかけてきた。

「うちが顧問を務めていますので、まずはうちから弁護士を出すのが妥当かと。その上で、必要であれば、刑事事件専門の弁護士を手配することになるでしょう」

「二度手間だと思いますけどねえ」

刑事の口ぶりからは、専門でもない弁護士に何ができるのかという、嘲りが感じられた。おそらく、警察は晃司が犯人だと確信しているに違いない。

「事件の詳細を教えていただけますか？」

「もうそちらのお偉い先生に話してますよ」

「それでは小笠原さんを犯人だとする物的証拠はないままということですね」

恵吾の指摘に、刑事は露骨に嫌な顔をしてみせる。

「物的証拠ならあるでしょう。凶器の包丁に小笠原さんの指紋がついていたんだから」

「確か、被害者の阿部さん宅の包丁でしたよね？」

恵吾が確認すると、刑事はそうだと頷く。

晃司と阿部を刺した包丁は、二人の間に落ちていた。阿部の妻、雪美が、自宅で使っていたものだと証言していると、資料には書いてあった。

「包丁にあった指紋は、阿部さん夫婦と小笠原さんのものだけです。それだけで逮捕するには充分だと思いますがね」

「小笠原さんも刺されて意識を失っていたわけですから、その間に真犯人が包丁を握らせて指紋をつけたとも考えられますが……」

それだけの理由での逮捕は納得できないと、恵吾は食い下がる。

「それならもう一つ。部屋に鍵がかかってたんですよ。鍵を持っているのは、阿部さん夫婦だけで、奥さんには友人と一緒にいたというアリバイがあります」

凶器よりよほど厄介な問題に、恵吾はほんの僅か眉根を寄せた。雪美が二人を発見したとき、室内には他に誰もいなかった。第三者が部屋に入れない状況では、警察が晃司を疑うのも当然だ。

「警察は小笠原さんが刺されていたことについて、どうお考えですか？」

「最初に刺したのが阿部さんのほうだとしたら、どうです？　二人が何かのきっかけで口論になり、阿部さんが包丁を持ち出し、小笠原さんを刺した。だが、致命傷ではなかったから、包丁を奪い取り、逆に刺してしまった」

「十数年ぶりの再会で揉《も》めるような動機があるとは思えませんが……」

恵吾は刑事の仮説の穴を指摘する。

「過去に動機があったんですよ」

「高校時代にですか？」

意外さに問い返すと、刑事はそうだと頷いた。

警察が二人の関係を洗い直そうと、高校時代の同級生たちに話を聞きに行ったところ、意外な答えが返ってきた。いじめていたとまでは言わないものの、金持ちの晃司が当時から大人しかった阿部を手下のように扱っていたというのだ。そう証言したのは一人や二人ではなかったらしい。

「そんな関係だったのなら、十年以上経《た》っていても、阿部さんのほうからは会いたいとは思いませんよね？」

これならどうだと言わんばかりの態度で、刑事が同意を求めてくる。

「つまり、警察では小笠原さんが強引に阿部さん宅に押しかけていったと考えているわけですか？」

「その日に呼ばれたと言っているのは、小笠原さんだけですからね」

「メールか何か、残っていなかったんですか？」

「ありません。全て電話で会話していたそうですから」

二人の携帯電話を押収して調べてみたが、互いに電話をかけ合った履歴が残っていただけだったらしい。そのことに、恵吾は引っかかりを覚えた。今時、電話で話すだけだったというのは、どうにも理解しがたい。短い用件なら、メールで済ませるほうが圧倒的に早いからだ。携帯番号を交換したなら、メールアドレスも知っていて当然だ。それがどうにも気になり違和感を拭えなかった。

「阿部さんは永富《ながとみ》建設の課長ということでしたが、三十二歳という若さで課長は、かなりの出世コースですよね？　それで妬《ねた》まれていたということはなかったんでしょうか？」

恵吾は思いつく可能性を口にする。資料で見たときから気になっていたことだ。永富建設といえば、橋梁《きょうりょう》建設の業界では屈指の大手なのに、阿部が課長という役職につけたことが不思議だった。というのも、よく言えば優しく、悪く言えば気の弱い男だというのが、関係者が口を揃《そろ》える阿部の印象だったからだ。

「妬みだけで人を殺しますか？」

刑事は馬鹿馬鹿しいと鼻で笑ってから、

「確かに、奥さんのおかげで出世したことをよく思わない同僚もいたようですが、せいぜいが飲み屋で愚痴を言う程度ですよ」

そんなことはとっくに捜査済みだと付け加えた。

「奥さんのおかげでということは、いわゆる逆玉ですか？」

「被害者、おたくほどじゃないけど、整った顔立ちだったでしょう？　一目惚《ひとめぼ》れした奥さんが、父親に頼んで結婚にこぎつけたそうですよ」

「それでは、夫婦仲は円満だったんですね？」

「そうじゃなけりゃ、転勤についてこないでしょう。どこからも不仲説は出てきませんでしたしね」

そういう聞き込みをしたくらいだから、雪美が犯人である可能性も疑ってみたのだろう。怨恨による犯行なら、近しい人間を疑うのは当然だ。その結果、雪美にはアリバイがあり、殺す動機もないと判断し、捜査対象外になったようだ。

「せっかく弁護についたばかりだってのになんですが、もう明日には検察に回しますよ」

「もうですか？」

今日だけでは碌《ろく》に取り調べはできなかったはずだ。いくら逮捕から四十八時間以内に検察庁に送致しなければならないにしても、決定が早すぎる。恵吾は驚きとともに抗議の意味も込めて声を上げた。

「犯人が犯行を否認し続けることなんて珍しくありませんからね。凶器の指紋と鍵の二点で充分ですよ」

刑事は自信たっぷりに言い放つ。物的証拠と状況証拠が揃っているのだ。この態度でも無理はなかった。それで、傷を理由に病室を追い出されても、素直に従ったのだろう。

晃司の症状次第だが、退院許可が出るまでは、入院したままで検事の聴取も行われることになるはずだ。それが最長で二十日間。裁判が行われるまでには早くて一ヶ月。その間に晃司が無罪であると、恵吾が証明しなければならないのだ。のんびりと晃司との信頼関係を築いていく時間などない。今後の方針を立てるために、恵吾は早々に警察署を後にした。


「お疲れ様です」

一旦、事務所に戻った恵吾を、通りかかった白井が労《ねぎら》う。まだ二十六歳と若いのに、松下から信頼を受け、秘書に抜擢《ばってき》された才媛だ。艶のある黒髪を肩で切り揃えたボブヘアは、白井の知的さをより際立たせている。おまけに美人でスタイルもいいという、非の打ち所がない女性だ。事務所の弁護士たちは少なからず、彼女を意識しているが、恵吾は好意ではなく、どこか自分と似た空気を感じていた。白井も同じように感じているのだろう。白井は恵吾に対して、親しげに接してくる数少ない女性の一人だった。

「所長は今、忙しい？」

「大丈夫ですよ。むしろ、藤野先生の帰りを待っていらしたくらいです」

白井は笑みを浮かべて答えた。やはり小笠原グループが相手となると、松下も任せっぱなしでは落ち着かないようだ。まだ一度、対面しただけなのだが、状況を知りたいのだろう。

「それじゃ、ちょっと報告してくるよ」

恵吾はそう言い置いて、荷物を手にしたまま、直接、松下の部屋を訪ねた。ノックをした恵吾を松下はすぐに迎え入れる。

「どうだった？」

恵吾の顔を見るなり、松下は早速、問いかけてきた。

「なかなか、信頼関係を築くのは難しそうです」

恵吾はまず感触を伝える。それから、正直に晃司に対する印象を付け加えた。

「一見、如才ない雰囲気ですが、どこか他人を拒絶するようなところがありますね。先生は面識がおありですか？」

「いや、ないんだよ。彼は家業に興味がないらしく、小笠原グループが開催するパーティにも一度も顔を出したことがないんだ」

「昔からそうだったんですか？」

「みたいだね。幸いというか、彼は三男だから、無理に後継者にしなくてもいい。実際、上の兄二人が着実に後継者として系列会社に入っている。一人くらい好き勝手をさせてもいいとか言っていたな。今はフリーライターをしてるんじゃなかったかな」

「そう書かれてましたね」

恵吾はそのとおりだと頷く。資料にも晃司の職業はフリーライターと書いてあった。もっとも、それだけで食べていけるのか怪しいものだ。晃司が一人で暮らしている部屋は、殺害現場となった阿部の部屋よりも上層階にあり、おそらく億はくだらないだろう。親がかりでなければ、三十二歳のフリーライターの男が購入できる部屋とは思えない。

「それから、彼は弁護士を必要としていないように感じました」

「逮捕されているのにか？」

「ええ。どこか投げやりというか……、自分が犯人にされても、それで構わないとでもいったふうな印象を受けました」

恵吾は言葉を選びながら答えた。

「それは面倒だな」

ここに二人だけしかいないからか、依頼人に対しての台詞《せりふ》にも遠慮がない。松下は顔を顰《しか》めながら言った。被告人が裁判で自分に不利なことを話したがらないのは仕方のないことだ。だが、弁護人である弁護士に対しては、全てを話してくれないと、裁判での弁護に支障が出てくる。裁判でどんな証拠を突きつけられても、万全の対策が取れるようにしておかなければならないのだ。

「だが、それでも、なんとかするのが君の仕事だ」

「わかっています」

もちろん、投げ出すつもりはないと、恵吾はきっぱりと答えた。

「今後の方針は？」

「晃司さんと被害者の関係を調べ直して、二人の間に揉め事はなかったという結論を出しておきたいと思っています」

「動機を潰しておこうというわけか」

納得したように松下が呟《つぶや》いている。どうやら、恵吾の方針に異論はないようだ。

警察が動機にしようとしている高校時代の晃司と阿部の関係性が、恵吾はどうしても納得できなかった。今日の態度から、とても晃司には好感が持てなかったのだが、それでも、いじめという言葉は不似合いな気がした。晃司からは生まれ持った育ちの良さが感じられたものの、だからといって、金持ちをひけらかしたようなところはなかった。いくら過去の話だとしても、金に物を言わせて、同級生を手下扱いしていたとは、今の晃司からは到底、想像できないのだ。

「明日には検察に送致されるとのことなので、今から元同級生たちに会って話を聞いてこようと思います」

「ああ、頑張りなさい。クラス名簿は白井くんに取り寄せてもらうといい。頼んでおこう」

「ありがとうございます」

早速、受話器を持ち上げた松下に礼を言って、恵吾は部屋を出た。

「あ、藤野先生」

事務室から姿を見せた白井が、恵吾に気付き声をかける。

「十分ほど、お部屋でお待ちいただけますか？　名簿をお持ちします」

「十分でいいの？」

「一クラス分だけですから」

なんでもないことだと、白井は謙虚に答える。急に頼まれた仕事でも、白井の仕事はいつも早くて的確だから、安心して任せられる。

その間だけでもと、恵吾は自分の部屋に戻り、本来の仕事を片付けることにした。

白井が自ら十分と言ったのだから、それ以上、待たされることはないだろう。だから、僅か十分しかないのだが、パソコンを起《た》ち上げ、メールのチェックをするくらいはできる。ただ待つだけの無駄な時間を過ごすのが嫌だった。

　全てのメールに目を通し、すぐに対処できるものには返信していく。そうしているうちに、約束の十分が過ぎていた。

「名簿をお持ちしました」

　宣言した時間どおりに白井が部屋を訪ねてくる。

「京成大学付属高校三年Ａ組の名簿です。小笠原さんと阿部さんは二年、三年と同じクラスでしたので、三年生のときのものにしましたが、よろしいですか？」

「もちろん。助かるよ。ありがとう」

　恵吾は礼を言って、名簿を受け取った。三十二名分の住所と名前が一覧表になって、Ａ４サイズの用紙に打ち出されている。当時の名簿だから、現住所は違っている者も多いだろうが、その場合は実家から当たればいいだけだ。都心の高校に通っていてくれて助かった。訪ねる時間が短くて済む。

「これから、元クラスメイトに話を聞きに行かれるんですよね？」

「先に電話をしてからだけどね」

「でしたら、女性から当たったほうがいいと思います」

珍しく白井が自分の意見を口にした。これまでにも資料を取り寄せる程度の手伝いをしてもらったことはあったが、本来、松下の秘書だし、仕事のことを話す機会がなかったからでもあった。

「どうして？」

「イケメンの弁護士には口が軽くなります」

白井は冗談っぽく笑って答えてから、

「というのももちろんあるんですけど、先生は親しくないクラスメイトのことなんて、覚えていますか？」

白井の質問に、恵吾は首を傾げた。恵吾は三十二歳だから、もう十四年も前のことだ。親しかった人間の顔と名前くらいは思い出せるが、ただ同じクラスにいただけとなると、かなり記憶が曖昧になる。

「思い出せないほうが多いかもしれない」

恵吾が正直に答えると、白井は満足そうに頷く。

「ですよね？　だから、女子生徒のほうがちゃんと覚えている可能性が高いと思うんです。小笠原さんは先生レベルのイケメンだって聞きました。おまけに小笠原グルー

プの御曹司となれば、注目していた女子生徒は多いはずですから」

「なるほど。それは盲点だったな」

恵吾は素直に白井の着眼点に感心した。同級生から話を聞くなら、当然のように男性からだと思い込んでいた。だが、それは既に警察も聞き込んでいることだ。別の観点から違った二人の印象を聞けるかもしれない。

「ありがとう。参考にさせてもらうよ」

恵吾が礼の言葉を口にすると、白井はほんの少し満足げに見える笑みを浮かべて、部屋から立ち去った。

恵吾は早速、名簿を見ながら、女子生徒の実家に電話をかけ始めた。まずは約束を取り付けなければならない。これまでに経験のない作業に戸惑いがないとは言えないが、今は迷っている暇はなかった。

2

　警察から晃司《こうじ》の検察庁への送致が決定したと連絡が入ったのは、翌日の朝だった。昨日の段階で聞いていたことだから驚きはないが、緊迫感は増す。

　ただ晃司はまだ入院中だ。検察の取り調べに融通の利く病院に転院させようにも、まだ医者の許可が出ないから、晃司の居場所は変わらない。

　だから、検察送致を聞き、恵吾《けいご》はすぐに病院に駆けつけた。

「また来たんだ？　弁護士なんて裁判のときにいてくれればいいだけなんだけどな」

　病室に顔を見せた恵吾を、昨日と同じ、ベッドに横になったままの晃司が歓迎していない雰囲気を出して迎えた。

「裁判のときだけ出て行っても、なんの役にも立てませんよ」

「役に立ってもらおうとは思ってない」

　相変わらず顔には笑みを浮かべているのだが、言葉は素っ気ない。裁判への無関心さというのか、晃司には緊迫感がまるで感じられなかった。

「今は無意味な言い争いをしている時間はありませんので、今後について、お話しさせていただきます」

　恵吾は事務的に話を進めることにした。晃司が協力的でなくても、恵吾が弁護をすることに変わりはない。それなら、自分のやりたいようにしたほうが楽だ。

「裁判ではどう主張されますか？」

「やってないことはやってないとしか言えない」

「これはあくまでそういう方法もあるということで頭に入れていただきたいのですが」

　恵吾はまず前置きする。

「晃司さんも刺されていますから、正当防衛を狙うという手もあります」

「つまり、阿部《あべ》が俺を刺したってことにしようってか？」

　晃司が訝《いぶか》しげに眉根を寄せて確認を求めてくる。

「まあ、そういうことになりますね」

「やってもいない奴《やつ》に罪を被《かぶ》せるつもりはない。俺は阿部の見てる前で刺されたんだ。刺したのは阿部じゃない」

　初めて晃司が語気を荒らげた。まだ会ったのは今日で二度目で、半年前に見かけたときを入れても三度目だが、それでも晃司は常に笑みを浮かべていた。迷惑そうにするときでさえも、笑顔だったのだ。

ただのクラスメイトだっただけで、親しくもない相手なら、こんなふうに怒ったりするだろうか。恵吾の中で、二人の関係への疑念が深まっていく。それは昨晩、元クラスメイトの女性たちに話を聞いたときから生まれていた疑念だ。

「阿部さんとはただのクラスメイトだと仰《おつしや》ってましたが、周りの意見は違いましたよ？」

「所詮、他人の意見だからな」

晃司は興味なさげに答える。周りになんと言われているのかも気にした様子はなく、また恵吾に何を知っているのかとも聞いてこない。

「警察が聞き込んできた話ですが、昔の阿部さんはあなたの子分のようだったと、元クラスメイトたちが言っていたそうですよ」

「子分って……」

言葉の響きがおかしかったのか、晃司はふっと小さく笑う。

「なんでもあなたの言いなりだったとか」

恵吾はあくまで警察が調べてきた話だというふうに話した。自分の手の内は完全に見せない。本当は、昨晩聞き込んだ別の情報も握っているが、晃司が素直に話さないのなら、恵吾もそれなりの作戦を取るだけだ。

昨晩は元クラスメイトの女性たち、四人と話を聞きがてら、一緒に食事をした。最初の一人に電話をしたとき、それなら今も友達付き合いをしている同級生も呼ぶと、向こうから提案してきたのだ。結果、恵吾は一人で女性四人と食事をする羽目になった。

彼女たちは元同級生の阿部が殺人事件の被害者になったことを報道で知っていた。親しくなくても続報を知りたいと思うのは理解できる。それで、恵吾と会うことを承諾してくれたというわけだ。

女性たちは晃司と阿部のことをよく覚えていた。白井《しらい》の言ったとおりだった。特に晃司は女子生徒から人気が高かったらしい。ルックスだけでなく、成績も優秀な上に運動神経もよかったという。だが、皆、遠巻きに見つめるだけだった。晃司には人を寄せ付けない雰囲気があり、実際、同じクラスだというのに、話しかけてもまともに返事をもらえたことがないと言うのだ。

そんな晃司が唯一、そばにいることを許したのが阿部だった。阿部もまた晃司以外は誰とも付き合いがなかった。人見知りなのかわからないが、積極的にクラスメイトと関わろうとはせず、いつも晃司の後ろに隠れているような印象だったと言う。

警察が聞き込んできた情報と違うのは、おそらく警察が話を聞いたのが男性だったからだろう。だが、彼女たちの話のとおりだとすれば、晃司が阿部を殺すような確執は感じ取れない。

「本当に、卒業後は全くお会いになっていなかったんですか？」

「会ってないし、どこにいたのかも知らない」

恵吾から疑惑の目を向けられても、晃司は一瞬の躊躇《ためら》いもなく答えた。

「いつも一緒にいたと、クラスメイトたちが覚えているくらいの関係だったのに？」

「そう言われてもな。俺の記憶にはない」

晃司は顔色一つ変えないが、ここまで周囲の証言が揃《そろ》っているのだ。嘘《うそ》を吐《つ》いているのは間違いない。だが、ただ親しかったことを隠さなければならないのは何故《なぜ》なのか。その理由が、今回の事件と無関係とは、恵吾には思えなかった。

「だいたい、十何年も前の話なんて覚えてるものか？」

「それなりには覚えてますよ」

恵吾は当時の記憶を呼び戻しながら答えた。昨日、白井にも聞かれたことだから、思い出すのは容易《たやす》かった。

「それじゃ、今でも付き合いがあったりする？」

「いえ、それは……」

続けて繰り出された質問に、恵吾は首を横に振る。恵吾の現在の友人関係は、全て大学時代のものだ。高校の頃と違い、各地から多くの人間が集まる大学では、価値観の似た人間と出会うことができた。その友人たちは皆、さまざまな業界で活躍している。

「だと思った」

「それはどういう意味でしょう？」

「自分にとって価値のある人間としか付き合わない。そんなタイプだろ？」

「まだ会うのは二度目ですが？」

ムキになって反論するのも大人げない。それでも何も言わなければ認めることになると、恵吾はそれで何がわかるのかと暗に匂わせる。

「その二度の面会で感じた印象だよ。間違ってないと思うけどな」

何故か、自信を持って言われ、恵吾は軽く溜息《ためいき》を吐いた。確かに晃司の言うとおりだとは自覚しているが、それの何が悪いのか。価値観の合わない人間と一緒にいる時間は無駄でしかない。だが、晃司の口ぶりからは、それを否定するような響きが感じられた。

「今は私の話をしている場合ではありません」

「信頼関係を築くために、互いにわかり合うことが必要なんじゃないの？」

「それ、本心で仰ってませんよね？」

恵吾は目を細め、探るような視線を晃司に向ける。

話の流れから、恵吾個人のことに話を振ることがあっても不自然ではない。だが、今に限っては、阿部との関係から話題を逸《そ》らすためでしかなかったような気がするのだ。

「場を和ますために世間話の一つも必要だと思うけどね。やっぱり、先生には刑事事件だけじゃなくて、民事でも個人相手の弁護は向いてない。というか、できない」

「まだ結果も出てないうちから、その根拠はなんですか？」

また話をはぐらかされているとわかっていながら、問わずにはいられなかった。

「そういうところ」

晃司は呆《あき》れたように笑うと、

「結果だけ出せばいいと思ってるだろ？　相手は企業じゃないんだ。その過程のほうが大事なことも多い。先生はそれがわかってない」

恵吾の目をまっすぐに見つめ、淡々と話して聞かせてくる。

その姿に、恵吾は半年前の光景を思い出した。親身になって恋愛相談に乗っていた晃司から見れば、恵吾はエリート意識の強い打算的な男にしか見えないのだろう。小《お》笠原《がさわら》グループの名前に釣られて、弁護を引き受けたのは事実だし、恵吾も否定するつもりはない。

晃司の育った環境を考えれば、むしろ恵吾のような人間のほうが周りに多かったはずだが、もしかしたら、それで嫌気がさし、恵吾にも心を開こうとしないのかもしれない。恵吾はふとそう思った。

「つまり、無罪を勝ち取ることが大事ではなく、あなたが隠したいことを隠し通してくれれば、それでいいってことですか？」

「そういうことは口に出さずに、心の中で了承しておくもんだろ」

「まだそんなことができるほど、あなたと意思の疎通ができていませんから」

恵吾はあくまで事務的に答えた。これ以上、晃司の話題逸らしのための雑談に付き合っていては、大事な面会時間が無駄になってしまう。

「阿部さんはどんな方でしたか？」

晃司の意思は無視して質問を再開させた恵吾に、晃司は軽く肩を竦《すく》めたものの、返事はしてきた。

「優しい男だったと思うよ」

「思う、ですか」

「本当のところなんて、他人にはわからないだろ？　俺はそう思ってたけどな」

阿部について話すとき、晃司はどこか他人事《ひとごと》のような口ぶりになる。たとえ、十四年間、会っていなかったとしても、再会してからの二ヶ月は、何度も晃司の自宅を訪ねていたのだ。親しくなければ、そうそう何度も会おうとしないだろう。それなのに、晃司は阿部に対しての感情を隠そうとしている。それが不自然で仕方なかった。

「高校生のとき、あなたは阿部さんしか友達がいなかったとも聞いてるんですが」

恵吾は昨日の話を思い出しながら尋ねた。

「それは間違いだ」

「いくらなんでも、そうですよね」

きっと昨日の彼女たちは大げさに言っていただけなのだと、恵吾も納得して頷《うなず》く。友人を選《よ》り好みしていると言われた恵吾でさえ、高校時代にも何人かは親しい友人がいたのだ。

「阿部も友達じゃなかったからな。俺には誰も友達がいなかったってことだ」

「嘘でしょう？」

恵吾は驚きを隠せず問いかける。

「こんなことで嘘吐いても仕方ないだろう。学校には顔を出してる引きこもりみたいなもんだったんだよ」

そう言って、晃司は過去の自分を笑う。今の晃司からは全く想像できない。恵吾がイメージする引きこもりは、誰ともコミュニケーションの取れない人間だからだ。晃司にそれは当てはまらない。

「彼女はどうですか？　いませんでしたか？」

「引きこもりだって言っただろ。どうやって作れって？」

晃司は呆れ顔で問い返してきた。

「それでは、阿部さんはどうです？」

話の流れでは尋ねてもおかしくない質問だ。それなのに、晃司は虚を突かれたように息を呑《の》み、言葉を詰まらせた。だが、そんな動揺を見せたのはほんの一瞬だった。

「そんなことを聞いてどうなるって言うんだ？　それが今度の事件と何か関係あるって言うつもりか？」

晃司はすぐにいつもの作り笑顔を取り戻し、無駄な質問には答えないとばかりにその意図を問いただしてくる。

「少なくとも、警察は十四年前のお二人の関係を動機に結びつけています。もし、当時、交際している女性がいたのなら、そちらでも動機に繋《つな》がる何かが見つかるかもしれません」

「その心配はない。あいつに彼女はいなかった」

親しくなかったと言ったその口で、晃司は思い返す素振りも見せずに断言した。

「阿部さんもですか？　お二人とも女性にもてそうなのに……」

実際、女子生徒から人気があったことは、昨日、聞いてはいたが、それは伏せておいた。言う必要がないし、隠し事をする晃司に対抗して、恵吾も少しは切り札として秘密を持っておきたかったからだ。

「それは、先生のほうだろ。彼女はいないの？」

「今はいません」

恵吾は素っ気なく答える。嘘ではなく、一年前に半年付き合った彼女と別れて以来、ずっと一人だ。毎回、長続きしないのは、恵吾が恋愛に重きを置いていないせいだろうと、自分ではそう判断している。嫌いな相手とは付き合わないが、この人でなければと思うほどの愛情もなかった。だから、過去のどの恋人と別れるときでも、辛《つら》いと思ったことは一度もない。

「それだけの顔で、おまけに弁護士ときたら、どこに行っても誘われるだろ？」

「そんなことありませんよ」

恵吾は適当に受け流す。また晃司が話を逸らすために、無駄な世間話を仕掛けてこようとしているからだ。

「事件の日、何か変わったことはありませんでしたか？」

厳しい顔で恵吾は話を戻した。過去の二人の関係から動機を潰していきたかったが、本人が何も話さないのではどうしようもない。

「何もなかった」

「それでは、事件より前はどうです？　誰かにつけられているとか、見られているとか感じたことは……」

「あったら、とっくに警察に話してる。俺だって好きで逮捕されたわけじゃないんだ」

恵吾の質問を遮り、晃司は何もないことを強調した。

「そうですか？　てっきり逮捕されたかったのだと思っていました」

「言ってくれるよ」

恵吾の軽い嫌みに、晃司はクッと喉を鳴らして笑い、それが傷に響いたのか、すぐに顔を顰《しか》めた。

「傷が痛みますか？」

「なかなかに重傷なんだよ。あと少しずれてたら、死んでたかもしれないそうだ」

その返事を聞いて、恵吾はまだ担当医師から話を聞いていないことに気付いた。昨日から今日にかけて、急な弁護依頼に忙しく、そこまで気が回らなかった。

「退院はいつ頃に？」

「最低でも二週間という話だった」

「それならいっそ裁判まで入院できるといいですね。拘置所より遥《はる》かに居心地がいいはずですから」

入院中なら逮捕されても警察に行かなくていいし、地検に送検が決まっても、おそらくこのまま病院にいることになるだろう。晃司はほぼ寝たきりの状態で、逃亡の恐れもないし、今は被告人の人権にも煩《うるさ》くなっていて、重傷者を無理に移送させたりすれば、世間から何を言われるかわからない。

「それは名案だ。初めて先生からいいアドバイスをもらったよ」

晃司の台詞《せりふ》はさっきの嫌みへの報復なのだろうか。弁護士として喜べない褒め言葉に、恵吾は顔が引き攣《つ》りそうになるのを必死で堪《こら》えた。

とりあえず院長には、くれぐれも無理のないような退院を頼んでおいた。京成大付属病院と小笠原グループは経営的には直接の繋がりはないものの、晃司の祖父と病院長が懇意にしている。だから、恵吾の依頼の意味もすぐに理解できただろう。

無理のない退院。すなわち、できるだけ入院を引き延ばすことだ。恵吾自身は拘置所に入ったことはもちろん、面会に行ったこともないが、閉鎖的な空間に居続けることの心労は想像に難くない。今のところ、何の役にも立っていないのだから、せめてそれくらいはしておきたかった。

「藤野《ふじの》先生、お帰りなさい」

事務所に戻った恵吾を、白井が笑顔で迎える。

「頼まれていた資料をすぐにお持ちしますね」

「本当に仕事が早くて助かるよ」

「松下《まつした》先生から、今は藤野先生の手伝いを最優先させるように言われてますから」

嫌な顔など微塵《みじん》も見せず、白井は笑顔のままで答える。

恵吾が頼んでいたのは、晃司と阿部の経歴だ。履歴書に書くような簡単な経歴ならわかっているのだが、恵吾はもっと詳しく知りたかった。そこから何か阿部との関係が掴《つか》めるかもしれないと、微《かす》かな希望を持ってのことだった。

　白井が部屋まで届けてくれた二枚の紙には、それぞれの詳しい経歴が年表形式で纏《まと》められていた。

　晃司は高校卒業後、合格した大学に行かず、一年間、海外を放浪していた。帰国後、別の大学を受験し直して進学。海外生活が晃司を変えたのか、晃司の大学生活は高校時代とは打って変わっていた。本人曰《いわ》く引きこもりの生活から脱却し、サークル活動に参加したり、アルバイトを始めたりもした。そのサークル活動の一環で書いた評論が新聞社の賞を受賞し、それがきっかけでフリーライターになったようだ。友人がいなかった高校時代とは違い、交友関係が広くなり、中には今でも付き合いのある友人もいるらしい。今の晃司から想像できる姿だ。

　いったい、海外で何があったのか。おそらく今回の殺人事件とは関係ないだろうが、生き方を変えるほどの何かを知りたいと思った。

　恵吾はあまり他人に興味がない。仕事に関わりがなければ尚更《なおさら》だ。けれど、晃司に関しては、振り回されているせいかもしれないが、あの作り笑顔の下の素顔を見てみたいと思うのだ。

病院の晃司を訪ねた後、警察にも足を運んだが、昨日以上の進展は何もなかった。既に逮捕した後だから、警察も捜査の必要はないと考えているのだろう。

晃司が犯人でないとするなら、他に犯人がいる。その犯人を見つけられれば、晃司の無実を証明する必要もないし、晃司が隠し事をしていても追及する必要はない。そのためにも、阿部を殺したいほどの感情を持つ人間がいないか、その経歴から探ろうとしていた。

阿部は晃司と同じ高校を卒業した後、生まれ育った東京を離れ、北海道の大学に進学した。そして、そのまま北海道に残り、永富《ながとみ》建設札幌支社に就職した。そして、雪《ゆき》美《み》と出会い、結婚する。文字だけで見れば順風満帆な人生のように見える。だが、晃司とは違い、阿部には昔も今も親しい友人が一人もいなかった。白井はきっと恵吾が連絡を取ろうとすることを見越し、先回りして大学の同期生と会社の同僚に連絡して確認を取ってくれていたのだ。そこで親しい友人は誰もいなかったという証言を得たと資料には追記されている。そんな阿部だからこそ、警察も晃司以外に容疑者を見つけられないのだろう。

高校より前に遡ると、阿部は五歳のときに父親を亡くしている。母親は再婚することなく、女手一つで阿部を育て、昨年、亡くなった。阿部が東京に戻ってきたのはその後だ。そして、晃司の暮らすマンションに引っ越してきた。

本当に偶然だったのだろうか。

引っ越した先が、高校時代、特別に親しかった同級生が住むマンションだった。普通に考えれば、滅多にない偶然で済ませるしかないのかもしれない。だが、そこに殺人事件が起きると、偶然では片付けられない何かがあったような気がしてくる。

恵吾はパソコンの画面に、二人が住んでいたお台場のマンション付近の地図を開いてみた。阿部の勤務先は新宿だ。わざわざ転勤に合わせてマンションを購入したにしては、通勤に不便ではないのか。仮に妻の希望だったとしても、そこでなければならない理由があったのだろうか。

恵吾はまだ阿部の妻、雪美とは会っていない。被告人の弁護士という立場では、向こうも会いたがらないとは思うが、どうやら、会って話を聞く必要がありそうだ。

それと晃司と阿部についても、まだまだ調べ足りない。だが、裁判まで時間があまりないのも確かだ。もしかしたら、事件とは何も関係ないかもしれないことを調べていて、大丈夫なのかという不安もある。それでも今は突き進むしかなかった。

「またすぐにお出かけですか？」

鞄《かばん》を手に部屋から出てきた恵吾に、白井が驚いたように問いかけてくる。

「時間がないからね」

「それじゃ、今日もまた夜中まで……？」

「ま、仕方ないだろうな」

恵吾は苦笑いで答えた。昨晩は日付が変わっても自宅には戻れなかった。急に入った晃司の弁護により、通常の業務が後回しになってしまったせいだ。幸い、即時に連絡が必要なものでもなかったから、夜中の作業で済んだのは助かった。自分でやると言った以上、他の弁護士の手は借りたくなかった。

「急ぎの用があるときは、携帯を鳴らして」

「わかりました」

白井に見送られ、恵吾は事務所滞在、僅か三十分でまた外へと急いだ。


フリーライターとは聞いていたが、どれだけ仕事をしているのか、正直なところ、恵吾は怪しんでいた。何もしなくても晃司は金に苦労はしないから、あくせく働く必要はないのだ。だが、調べてみたら、上質なルポを書くと、晃司の名前は業界ではかなり有名だった。

「ええ、小笠原さんなら、うちでよく書いてもらってますよ」

最初に訪ねた出版社で、恵吾も読んだことのある雑誌の編集長が、晃司の名前によく知っていると答えた。

「個人的なお付き合いは？」

「何度か飲みに行ったことはあるけど、それは仕事の流れだったしな」

「あくまで仕事上の付き合いだけってことですか？」

「まあ、そうですね」

編集長は頷いて認めてから、

「ところで、本当に小笠原さんがやったんですか？」

おそらく、恵吾が訪ねたときから、もっとも聞きたかっただろうことを口にした。

晃司が殺人事件の容疑者として逮捕されたことは、既に報道されている。小笠原グループの孫だということは、マスコミが気を遣っているのか、まだ公にはされず、ただフリーライターだとしか公表されていない。

「そう思っていないから、私はこうして調べて回っています」

「ああ、なるほど。いや、私も小笠原さんが人を殺すなんて思えないんですよ。ニュースを見たとき、何かの間違いだと思いましたよ」

「あなたから見て、小笠原さんはどんな方でしたか？」

友人でなくても、長く一緒に仕事をしていた人間からの評価のほうが、十四年も前の同級生の証言より信用できる。恵吾はそう思っていた。

「誰に対しても態度を変えないというか、相手の年齢や立場に拘《かか》わらず、同じように接してましたよ。できた男だなって」

今の晃司を思い浮かべれば、引きこもりよりも編集長の言葉のほうがよく似合う。もっとも恵吾に対しての態度は決していいとは言えない。

「だから、昔の同級生と揉《も》めるなんて想像できなくて……」

「それでは、小笠原さんが誰かと揉めているのを見たことは？」

「ないですよ、一度も」

編集長は迷うことなく、即答した。

人当たりがよくて、誰とも揉め事を起こしたことはない。編集長からはこれだけ聞ければ充分だろう。

「小笠原さんの友人をどなたかご存じありませんか？」

「友人までは知りませんけど、行きつけの店でよければ……」

「お願いします」

恵吾は礼を言って、情報を受け取った。

それから出版社を後にして、次に、教えられた行きつけの居酒屋へと足を運んだ。まだ午後三時と開店前ではあったが、運良く、開店準備中の店主から話を聞くことができた。

「ああ、晃司ならよく来るよ」

晃司について聞きたいと尋ねた恵吾に、店主は親しさを醸し出すようにファーストネームで呼んで答えた。

「いつも誰かとご一緒に？」

「誰かと一緒が多いかな。たまに一人でメシだけ食べに来ることもあるけど」

「ちなみに、この方と一緒に来られたことは？」

念のためにと、恵吾は手に入れていた阿部の写真を店主に見せた。晃司はマンション内でしか会っていないと言っていたが、それ以上の付き合いが本当になかったのか、確認しておきたかった。

「田上《たがみ》くんだろ？　何度か来てるよ」

「田上？」

恵吾は一瞬、写真を間違えたのかと思うほど、店主は自信たっぷりに答えた。

「いえ、この方は阿部さんですが……」

「ホントに？　ちょっとよく見せてよ」

店主は写真を手に取り、顔の前まで近づけてまじまじと見つめる。

「ああ、違う。田上くんじゃなかった。けど、よく似てるよ」

「そんなによく似た方が、小笠原さんの友達にいらっしゃるんですか？」

「写真だから似てると感じるだけかもしれないけどね」

そう断りを入れながらも、やはりよく似ていると店主は感心したように呟《つぶや》く。

阿部とよく似ている男が、晃司の近くにいることに、恵吾は驚きを隠せなかった。

晃司は一言もそんなことを言っていなかった。もちろん、事件に関係ないのだから、言う必要はないことだ。けれど、恵吾には晃司が意図的に隠したようにしか思えなかった。

店主によると、田上は青山にあるブティックの店員らしい。何度か晃司が連れてきて、そう紹介もされたと言う。

ただ似ているだけで、事件とは関係なさそうだが、これで友人が一人見つかった。当初の目的どおり、次はこの田上という男に会いに行くしかない。

青山に移動して、教えられた店の名前を頼りに通りを歩く。

いた……。

外からガラス越しに店内を見ただけで、すぐに店内にいた男が田上だとわかった。それくらい阿部とよく似ていた。恵吾も阿部を写真でしか知らないが、特に目元が似ている気がする。

「田上さんですか？」

店内に入った恵吾は、まっすぐ田上に近づき、呼びかけた。接客業らしく、田上は不審な顔はせず、笑みを浮かべたままでそうだと答える。

「弁護士の藤野と申します。小笠原晃司さんについて、少しお話をお伺いしたいのですが……」

幸い、他に客はいなかったが、もう一人、奥に店員がいる。恵吾は声を落として用件を口にした。

「晃司さん、大丈夫なんですか？」

やはり田上も事件のことを知っていた。逮捕された後は携帯電話も取り上げられているから、連絡も取れず、心配していたのだろう。田上は縋《すが》るような目で恵吾を見つめてくる。

阿部に似た容姿だから、田上も整った顔立ちをしている。どこか頼りなさそうな雰囲気も、阿部の印象とよく似ている。それが余計に二人を似通わせているのだろう。

「晃司さんも刺されたって……」

「命に別状はありません。ただしばらくは安静にしなければなりませんが」

「よかった」

田上は心底、安堵《あんど》したように息を漏らす。

「少し待ってもらってもいいですか？　もうすぐ休憩に入るので、ゆっくりお話しできますから」

「急に伺ったのに申し訳ありません。それでは隣のカフェで待たせていただきます」

他の店員を気にして、恵吾は早々に店を出た。弁護士が訪ねてきたことは、決して好印象を与えはしないはずだからだ。隣にカフェがあったのも、前を通り過ぎたからわかっていた。平日の昼間で、客も少なそうだったから、込み入った話を聞くのにちょうどいいだろう。

恵吾がカフェに入り、五分と経《た》たずに田上は現れた。

「お待たせしてすみません」

隣から走ってきたのか、田上の息は荒れている。それくらい、晃司の事件が気になっているということだ。

「晃司さんは人を殺したりなんかしません」

席に着くなり、早速、田上が訴えてきた。

「それは晃司さんの人となりを知っているからですか？　それとも被害者の阿部さんを晃司さんが殺すはずがないと思っているからですか？」

「それは……、どちらもです」

田上は一瞬、迷った様子を見せたが、やがて思い切ったように断言した。

「ということは、被害者をあなたはご存じだったということですか？」

「直接、会ったことはありません。ただテレビで被害者の方の写真を見て、晃司さんが言ってたのは、この人だったんだってわかったんです」

「小笠原さんは以前になんと仰ってたんですか？」

恵吾が続けた質問に、田上は唇を噛《か》み締め、口を閉ざす。さっきまでの勢いが瞬時になくなった。

「何か事件に関係することがあるようですね」

「違います。そうじゃなくて……」

「はっきり言っていただかないと、何かあると思われますよ？」

他に客もいれば、店員もいる場所だ。騒がしくして注目を集めたくはないから、小声でやりとりしていたのに、二人の間に流れる緊迫した空気に気付いたのか、店員の男が険しい顔で近づいてきた。

「智《さとし》、大丈夫か?」

隣り合った店の店員同士という以上の親しさを感じさせる態度で、店員が田上に問いかける。おまけに恵吾に向かっては威嚇するような険しい顔を向けた。

「大丈夫。晃司さんのことを話してただけだから」

「お前、まだあいつと……」

晃司の名前を聞いて、店員が気色ばむ。

「違うって。そういうんじゃなくて、事件のこと、話したよね?」

恵吾のことをそっちのけで、二人は二人だけの世界を造り出す。男同士なのに、その様子は男女のそれとよく似ていた。そう考えれば、店員が怒り出したのは嫉妬のせいだとわかる。

そして、恵吾は思い出した。半年前、恵吾が目撃したのは、ゲイの恋愛相談を受けている晃司の姿だった。

「お二人はもしかして……」

恵吾は問いかけようとしたが、人目を憚《はばか》ったその先は口にできなかった。けれど、

この状況だ。意図はすぐに伝わる。

「そうです。でも、公にはしていないので……」

田上もゲイだとは言葉にせず、口にできない理由を伝えてくる。

「もちろん、口外はいたしません」

恵吾は固く約束した。知りたいのはこの二人のことでなく、晃司と阿部の関係だ。もっとも、ここまで来れば想像は付く。

「晃司さんもつまり……」

言い淀《よど》んだ言葉の先を読み取り、田上は諦めたように頷いた。それから店員に向かって、

「もう大丈夫だから、仕事に戻って。この人は弁護士さんで、晃司さんの事件について調べてるだけ」

説得するように言うと、店員はようやく納得したようだ。

「わかった。でも、何かあればすぐに呼べよ」

それでもどこか名残惜しそうにしながらも、店員は立ち去った。

「すみませんでした」

田上はまず店員の非礼を詫《わ》びた。

「晃司さんにはよく相談に乗ってもらってて、それを誤解されたことがあったから」

「もしかして、半年ほど前、中目黒のバーで小笠原さんと会っていませんでしたか？」

あのとき、晃司の顔は見えたが、相手の顔は見えない角度だった。だが、なんとなく、田上の声に似ていたような気がする。

「え、ええ。よく相談していたのがその頃だし、中目黒なら俺だと思います」

店にも心当たりがあるらしく、田上はそうだと答えた。

「それで、話を戻しますが、小笠原さんと被害者との関係についてなんですが……」

諦めずに、再度、問いかける恵吾に、田上もようやく決心したかのように、重い口を開く。

「晃司さんには昔、何も言わずに目の前から消えてしまった恋人がいると聞きました。その人が俺によく似ているそうなんです」

隠されていた晃司と阿部の関係が、ついに明らかになった。こんな秘密があったなら、自分が不利になっても晃司が口を閉ざすのも無理はない。

「でも、だからって、晃司さんがその人を殺すはずがありません。当時は恨んだりもしたけど、今は幸せになっていてくれればいいなって言ってたんです。俺の相談に乗ってくれたのも、よく似た俺が幸せそうにしていると、彼も幸せでいる気がするからって」

田上は懸命に晃司を弁護する。よほど晃司を信頼し、心配しているようだ。

田上の言うことが事実だとしたら、晃司は阿部と再会したとき、どう思ったのだろう。そして、阿部が結婚していたことに何を感じたのだろうか。

晃司は阿部を友達ではなかったと言っていた。恋人だったのだから、嘘を吐いたわけではなかった。

恵吾にはゲイの友人がいないどころか、現実に出会った経験すらない。もっとも、カミングアウトしていなければ気付いていないだけだが、そういう環境もあって、ゲイの気持ちが恵吾には理解できなかった。

高校生の頃なら、まだまだ子供の恋愛だ。けれど、ゲイだと周囲にばれないように付き合い続ける二人には、共通の秘密がある。普通の男女の恋愛よりも結びつきが強かったと考えるのは容易だ。高校時代の二人に、他者を寄せ付けない雰囲気があったのも、ばれることを恐れてだったのだろう。

晃司は高校卒業後、急に進路を変えて海外に行った。それも、阿部に去られたからだと考えれば辻褄《つじつま》が合う。阿部が北海道の大学に進学したのも、晃司の前から消えるためだったのだろう。原因はわからないが、何も言わずにいなくなったというくらいだ。進路についてもそのときまで嘘を吐いていたに違いない。

「晃司さんとは最近、お会いになられましたか？」

「ここ二ヶ月は会っていません。てっきり、彼が煩いから遠慮してくれてるのかと思ってたんですけど……」

まだカウンターの奥から様子を窺《うかが》っている、嫉妬深い恋人のことを田上は少し照れくさそうに語る。

二ヶ月前からというと、ちょうど阿部が晃司と同じマンションに引っ越してきた頃だ。忘れたはずの恋人との再会で、晃司の中にどんな心境の変化があったのだろうか。

「今日はありがとうございました。参考になりました」

「こんなことで、晃司さんの無実を証明する助けになるんですか？」

田上が不安そうに尋ねてくる。

「それはわかりません。ただ、ご本人が何も話してくれないので、こうして事件に関係のないあなたにまで会いに来ているくらいですから」

恵吾は正直に現状を伝えた。隠し事をする理由がわかっても、晃司本人が積極的に無実を証明しようとしなければ意味がない。

「やっぱり忘れられなかったんでしょうか？」

だから、恋人を殺され、晃司は投げやりになっているのかと、田上は言いたいようだ。そんなふうに見えなくもないのだが、まだ何か、それ以上の秘密が隠されているような気がする。そうでなければ、殺人犯にされても口を閉ざし続ける理由がわからない。

「お願いします。晃司さんを助けてください」

田上はテーブルに擦《こす》りつけるほど頭を下げた。晃司を助けたいという気持ちが痛いくらいに伝わってくる。

「そのつもりです」

それでも恵吾にはそうとしか答えられなかった。

3

「帰ってください。あの人の弁護士に話すことなんてありません」

恵吾《けいご》が名刺を差し出し、晃司《こうじ》の弁護人だと名乗った途端、阿部《あべ》の妻、雪美《ゆきみ》は綺麗《きれい》な顔を歪《ゆが》ませ、嫌悪感を露《あら》わに吐き捨てるように言った。夫を亡くしたばかりだからか、化粧っ気もなく、地味なワンピースを着ているが、顔立ちやスタイルの良さは充分に見て取れた。

ここは雪美の実家だ。殺人事件の現場になってしまった自宅マンションでは暮らせず、実家に滞在していると警察から教えられ、訪ねてきた。あらかじめアポイントを取らなかったのは、断られることを警戒してだったから、お手伝いの女性がすんなりと雪美を連れてきてくれたのには拍子抜けした。だが、それはただの伝達ミスだったようだ。やはり恵吾の予想は当たっていた。

「逮捕されてしまいましたが、小笠原《おがさわら》さんは犯人ではありません。真犯人を見つけ出すためにも、是非、お話を……」

「帰って」

さっきよりもさらに強い口調で、雪美は恵吾の肩を押す。

「申し訳ない。帰ってもらえるかな」

騒ぎを聞きつけ、奥から眼鏡をかけた父親らしき男性が現れた。

「娘はまだ気持ちが落ち着いていないんだ。小笠原さんの坊ちゃんを疑いたくはないが、あの状況では娘が信じられないのもわかるだろう?」

やはり男は父親だった。つまり永富《ながとみ》建設の社長だ。さすが、大会社の社長を務めるだけあって、細身の体なのにどっしりとした落ち着いた雰囲気を漂わせている。

『小笠原の坊ちゃん』という呼び方から、小笠原グループと繋《つな》がりがあることは容易に窺《うかが》い知れる。まだ判決が出ていない間は、娘のような強硬な態度には出られないようだ。もっとも、そんな背景があったところで、雪美のこの状況では、話を聞くのは無理そうだ。

「わかりました。落ち着かれたら、お話を聞かせてください」

「何も話すことなんてないって言ってるじゃない」

声を荒らげた雪美に押されるようにして、今度こそ、恵吾は永富家を後にした。

夫を殺された直後だ。混乱するのも落ち着かないのも無理はない。犯人にぶつけられない怒りを被告人の弁護士にぶつけるのも当然だ。そう予想していたものの、雪美の態度は恵吾の想像以上だった。

　雪美は一度も恵吾の目を見なかった。追い返そうと接近してきたときにも、視線を逸《そ》らしていた。それが恵吾の目には後ろ暗さがあるように映った。

　晃司と阿部が過去に恋人同士だと知ったのは昨日のことだ。もし、雪美が二人の関係を知ってしまったとしたら、それは殺害の動機になり得るのではないか。そして、それなら、晃司まで刺された理由も説明がつくのだ。

　だが、雪美にはアリバイがある。もっとも、実行犯が別にいれば、アリバイなど無意味だ。雪美に動機がないと警察は考えているから、早々に捜査対象から外していた。動機があると知れば、もっと本腰を入れて、雪美について調べてくれるかもしれない。

　恵吾はそんな望みを抱いた。


　恵吾はまた晃司のいる病室を訪れた。昨日の午後、晃司は検察に送られることになったが、転院することなく、同じ部屋で療養している。

「毎日、ご苦労様だな」

「これが仕事ですから」

恵吾は素っ気なく答えると、

「検事の聴取はどうですか？」

「警察と同じ。だから、俺の答えも同じ」

晃司もまた素っ気ない回答を返してくる。

何もしていないのだから、晃司は犯行を否認し続ける。一方で検事は犯人と考えて晃司の証言から嘘《うそ》を見抜こうとしているのだろう。

「先生も毎日、通ってこなくていいよ。何も変わらないんだし」

「いえ、変わるかもしれません」

恵吾はまっすぐに晃司を見つめて言った。

「奥さんに動機が出てきました」

「動機？」

晃司が探るような視線を向けてくる。自分以外に犯人が見つかるかもしれないというのに、喜んだふうはなく、むしろ、嫌がっているふうにさえ見えた。

「田上《たがみ》さんに会ってきました」

「なんだって、そんな余計なことを……」

露骨に嫌悪感を露わにして、晃司が舌打ちまでする。

「おかげで、あなたと阿部さんの高校時代の関係がわかりました。それが真犯人の動機になるとは思いませんか？」

「そんな大昔の話がか？」

もう恵吾にばれてしまったからか、晃司はなんの話だと誤魔化すことはせず、ただ納得できないことを伝えてくる。

「警察もその大昔に動機があるとして、あなたを逮捕してるんですよ？」

「そんなことを考えてるから、真犯人に辿《たど》り着けないんだろ」

「そうでしょうか？」

晃司の意見に恵吾は反論を口にする。

「何が言いたい？」

「もし、自分の夫が女性を愛せない男だと知ってしまったときの、妻の心境はいかがなものでしょう？」

問い返した恵吾に、晃司は眉間に皺《しわ》を寄せた。

「奥さんを疑ってるのか？」

「あくまで、可能性の話です。雪美さんと面識は？」

「一度も会ってない」

晃司は一瞬たりとも考える素振りも見せず、即答した。確か、雪美も警察の聴取でそう答えていたはずだ。

おそらく、阿部が会わせないようにしていたのだろう。いくら過去のこととはいえ、妻に知られて都合のいい過去ではない。いや、本当に過去なのだろうか。

「どうして、阿部さんはあなたと同じマンションに引っ越してきたのでしょうか？さすがに偶然とは思えないのですが……」

二人の関係を知らなかったときなら、偶然でも納得できた。だが、知ってしまった今となっては、到底、そんな偶然を信じられない。

「俺の……、俺の近くにいたかったそうだ」

沈んだ表情で晃司が重い口を開く。隠していた真実が明らかになったのだから、話すしかないと思ったようだが、それでも積極的に話したくはないらしい。

「阿部さん本人がそう仰《おつしや》ったんですね？」

「ああ。そのために探偵を使って俺の居場所を突き止めたと言ってた」

やはり偶然ではなかった。しかも、阿部から積極的に働きかけていた。大人しい男だという印象ばかり聞いていたから、恵吾は驚きを隠せない。

「ということは、阿部さんの東京転勤もあなたに会うため……？」

恵吾の問いかけに晃司は無言で頷《うなず》いてから、詳細を語り始める。

「きっかけはあいつの母親が亡くなったことだ。阿部が母子家庭だったのは知ってるだろ？」

晃司が同意を求めたのは無駄な説明を省くためだろう。それ故、恵吾は阿部の経歴は知っているから話を進めるようにと、相槌《あいづち》を打って先を求めた。

「苦労して自分を育てる姿を見ていたから、あいつは人一倍、母親想《おも》いだった。ゲイであることも、母親だけには知られたくないと言っていた。絶対に悲しむからってな」

「だから、お二人の関係を秘密にするため、周りから見ると親分子分のような関係に見せていたわけですか？」

「ゲイだとさえばれなければ、どんなふうに思われようが構わなかった。隠したいのは俺も同じだったからな」

まだ十代の子供でしかないときに、ゲイだと自覚したのだから、悩みは相当深かったに違いない。そんな中、偶然に同じ悩みを持つ者がそばにいれば、惹《ひ》かれ合うのも無理はないだろう。

「友達なんか一人もいなくても構わなかった。お互いしかいない世界ってのも楽しかったよ。夢中だった」

懐かしそうに語りながらも、晃司はその表情に寂しさも覗《のぞ》かせる。

「それなのに、阿部さんはあなたに黙って北海道の大学に進学した。何故《なぜ》ですか？」

「いつまでも、こんなことを続けてはいられない。母親を安心させるために、いずれは結婚して、孫の顔を見せてやりたい。だが、俺が近くにいると、踏ん切れない」

晃司はあえて淡々とした口調で、阿部が北海道に逃げた理由を語る。

「再会したときにそう教えられた。当時はそんなことは知らないからな。ただいきなり目の前からいなくなったとしか思えなかった。何せ、同じ大学に進む予定で、一緒に受験もしたんだ」

当時を思い出したのか、晃司は苦笑いしている。晃司がせっかく合格した大学に進学せず、海外で放浪生活をしていたのはそのせいだったというわけだ。

「追いかけようとはしなかったんですか？」

住所はわからなくても、どこの大学かくらいは担任の教師に聞けばすぐにわかったはずだ。なのに、晃司は何もせず、海外へ渡った。それが恵吾には不思議だった。

「誰に強要されたわけでもない。あいつが自分の意志でそうしたのなら、俺は受け入れるだけだ」

それが晃司なりの愛情の示し方だったようだ。阿部への未練を断ち切るため、物理的にすぐに駆けつけられない距離に離れようとしたのかもしれない。

「それ以来、十四年ぶりの再会だ。あいつが引っ越しの挨拶だって、いきなりやってきたときは、本当に驚いたよ」

僅か二ヶ月前のことなのに、もう阿部がこの世にいないからか、語る晃司の口調は、高校時代を懐かしむのと同じ響きを持っていた。

「それから、再びお付き合いが始まったわけですね？」

「確かに、やり直したいとは言われたが、断った。俺にとっては、もう過去だ。今更、よりを戻す気はない。それに……」

言いかけた晃司は、言いすぎたとでもいうふうに口を閉ざす。

「それに、なんですか？　ここまで話してくれたんですから、もう隠し事をしないでください」

「恋人にだって、なんでもかんでも話したりしないっていうのに、弁護士先生に自分を丸裸にしてみせるわけないだろ」

さっきまでの真剣な態度から一転して、昨日までの晃司に戻る。

「恋人って……」

おかしな喩《たと》えをするものだと、恵吾は一瞬、呆《あき》れたが、すぐに晃司の恋人は男になるのだと思い出した。ずっとその話をしていたにも拘《かか》わらず、男同士で恋愛感情になることが理解できないからか、どこか実感が湧いていなかったのだ。

「自分は絶対にあり得ないと思ってるかもしれないが、人生、何が起きるかわからないぞ。例えば、俺と先生が恋に落ちるとか？」

あまりにも唐突すぎて、冗談だとわかるのに、数秒かかった。晃司の恋愛対象は男なのだから、恵吾も当てはまる。けれど、恵吾は遅れながらも鼻で笑い飛ばす。

「あり得ないでしょう」

「そうか？　先生は整った顔してるし、スタイルもいい。ゲイにだってもてるだろ」

「そんな経験はありませんし、それにあなたの好みでもありませんよね？」

また話が逸れ出したと気付いてはいたが、せっかく晃司の口が滑らかになってきているのだ。今、無理に話を戻して、気分を損ねられると面倒だと、やむを得ず、恵吾は無駄話に付き合うことにした。

晃司が付き合っていた男は、阿部しか知らないが、それでも恵吾はタイプが違うのは明らかだ。容姿もそうだが、内面的にも生まれてから今まで、一度たりとも大人しいだとか、控えめだとか、そんな印象を持たれたことはない恵吾と阿部とでは、共通点はまるでなかった。

「阿部は俺の好みのタイプじゃない」

「まあ、確かに好みのタイプとばかり付き合えるわけじゃありませんよね」

それは理解できると恵吾も頷いて答える。外見的には好みではなくても、知るうちに内面に惹かれるのは、世間一般的にはよくあることらしい。恵吾があくまで他人事《ひとごと》でしか考えないのは、経験がないからだ。外見も内面も好みのタイプとしか、恵吾は付き合ったことがなかった。

「違うんだ」

「何がですか?」

「俺があいつと付き合っていたのは、恋愛感情からじゃなかった」

「それはどういう……」

まるで予想外の台詞《せりふ》に、恵吾は返す言葉が見つからなかった。確かに、恋愛感情がなくても付き合うことはあるが、阿部に去られた後の晃司の経歴を見る限り、かなり想いが深かったとしか思えなかったからだ。

「仲間意識……だったんだろうな。当時はよくわかってなかったけど、あいつに去られた後、しばらくして、他の男と付き合って気付いた。あれは恋愛感情じゃなかったってな」

「それじゃ、ますますあなたに阿部さんを刺す理由はないじゃないですか」

「俺が刺されるんならともかくな。だが、俺を刺したのは阿部じゃない。阿部は驚いた顔で刺された俺を見ていた。それが俺の記憶にある、最後のあいつの顔だ」

晃司の表情にはどこか後悔の色が窺えた。もし、高校時代にそのことに気付いていたのなら、二人の関係はすぐに終わっていたかもしれない。そうすれば、阿部が晃司を追いかけて同じマンションに引っ越してくることもなかっただろうし、殺されることもなかったかもしれないのだ。その思いが晃司に自責の念を抱かせているようだ。

「どうして、最初からそれを話さなかったんですか？　そうすれば、警察ももっと他に犯人がいる可能性を考慮したかもしれないのに……」

「あいつが死ぬまで守り続けた秘密だ。俺が話せるわけがないだろ」

「ですが、阿部さんはもうその秘密を守るつもりはなかったんじゃないですか？」

「母親が亡くなったからか？」

晃司の問いかけに、恵吾はそうだと頷く。

阿部は母親のためにゲイであることを隠し続けようとしていた。そのために結婚まででした。だが、その母親が亡くなり、阿部の中で何かが弾《はじ》けたのだろう。

「仮に、あいつがカミングアウトするつもりだったとしても、今となっては、本当のところは誰にもわからない。だったら、俺は黙っているだけだ」

「殺人犯にされてもですか？」

「ああ。秘密を守ることだけが、俺にできる阿部への償いだ。それに、今更、そんな事実を知ったところで誰も幸せにはなれないし、仮に話したとして、立派な動機ができたと喜ばせるだけだ。痴情のもつれだと面白おかしく言われるだろう」

晃司の言うことはもっともだった。ただでさえ、ゲイに対する偏見は強いのだ。その上、阿部は偽装結婚している。今はまだ同情されるだけの被害者だが、これが明らかになれば、自分にも非のある被害者へと変わってしまうだろう。

「だから、俺は何も言わない。先生が何を言おうと、俺たちの関係を証明するものは何もないんだ。写真一枚、撮らなかったからな」

晃司の口ぶりは恵吾に対して、何も喋《しゃべ》るなと牽制《けんせい》していた。

どうして、殺人犯の汚名を着てまで、阿部を守らなければならないのか。恵吾には全く理解できなかった。いくら過去に責任を感じていると言っても、そのときは晃司も気付いていなかったのだし、先に逃げたのは阿部のほうだ。いつまでも晃司が過去にとらわれているのはおかしい。

「弁護士の立場で申し上げれば、やはり、この事実を明らかにすべきです。裁判まで時間がありません。奥さんにも動機があることを明らかにし、警察に捜査をし直してもらいましょう。そうすれば、共犯者になり得る人間が浮かび上がってくるかもしれないんです」

「かもしれない、だろ？　警察だって、馬鹿じゃない。一度は捜査して、何も出てないんだ。同じ捜査を喜んでするとは思えない」

晃司はあくまでも秘密を守ろうとし、恵吾は明らかにすべきだと考えている。意見が分かれたままでは、裁判をまともに闘えない。

「私の意見には賛成してもらえないわけですね？」

「それはこっちの台詞だ。俺の意見に従えないなら、弁護士は解任する」

「私の依頼人はあなたのお父様です」

だから、晃司に解任される覚えはないと、恵吾は答える。

「もう疲れた。帰ってくれ」

「わかりました。今日のところは、これで失礼します」

大人しく引き下がったのは、晃司がこれ以上は何も話さないとわかっているからだ。途中までは上手《うま》く話を引き出せたが、最後に意見が分かれたせいで、また晃司の態度が硬化してしまった。

　恵吾は病室を出てから、大きく溜息《ためいき》を吐《つ》いた。進展しているように見えて、結局は同じところをグルグル回っているだけに思えてくる。

　だが、考えていても何も進まない。当初の目的どおり、晃司以外の犯人を見つけ出すしかなさそうだ。それなら、晃司の要望も聞き入れられる。

　恵吾は気を取り直し、足早に歩き出した。

　松下《まつした》から呼び出しの電話が入り、事務所に戻った恵吾は、早速、松下の部屋に通される。

「もしかして、解任の件でしょうか？」

　恵吾はソファに座るなり、時間がもったいないとばかりに本題を促した。

「解任？　そんな話をされたのか？」

「ええ。裁判についての方針を話し合ったのですが、意見が合わず……」

　隠していても、いずれ晃司から解任の連絡が入れば、ばれることだ。恵吾は正直に答えた。

「君の方針は？」

「犯人は別にいる。被告人は無罪。……で行くつもりです」

「今の状況では正当防衛を狙ったほうが確実だと思うが、どうだろう？」

松下の言うことも理解できる。晃司も深手を負っている。阿部がほぼ即死なら、先に刺されたのは晃司だ。自分を守るために揉《も》み合って相手を刺したのなら、正当防衛が認められる可能性が高いというわけだ。

「それはおそらく本人が受け入れないと思います」

「刺したのは自分じゃないからか？」

「それは当然として、それ以前に晃司さんは、被害者に罪を被《かぶ》せるような真似《まね》はしないはずです」

警察が掲げたあり得ない動機でさえも、阿部の名誉のために否定しないのだ。そんな晃司が阿部に罪をなすりつけるはずがない。晃司ははっきりと自分を刺したのは阿部ではないと言ったのだ。

「完全無罪を狙うか。厳しい闘いになるぞ」

「覚悟の上です。それが嫌ならとっくに弁護人を降りています」

恵吾はあくまでも強気の態度を崩さなかった。刑事事件どころか、裁判の場に出るのも初めてだが、弱気になった弁護人など、誰が信頼してくれるというのか。いつもは過剰なくらいに自信家の恵吾だが、今回ばかりは不安もあった。それでも、やりとげなければならないという使命感のほうが強かった。小笠原グループと縁を繋いでおきたいという気持ちは、とっくになくなっていた。

「君でもそんなに熱くなることがあるとは驚きだ」

松下は珍しいものを見るように、まじまじと恵吾を見つめる。

「こんな言い方はなんですが、誰よりも恵まれた環境にいながら、あそこまで投げやりになられると苛《いら》つきます」

「苛つくか、これはいい」

松下が声を上げて笑う。

「それより、先生、お話というのは？」

最初に自分から話を切り出したせいで、松下が呼び出した理由をまだ聞けていなかった。恵吾は改めて尋ねた。

「ああ、そうだ。忘れるところだった。晃司くんのお父上からの伝言だ。小笠原グループの名を汚さないような結果を望んでいると」

「仮に彼が有罪になっても、小笠原グループとは無関係だとしておきたいということですね」

確認を求めた恵吾に、松下はそうだと頷く。

「幸いというか、この事件、最初の報道以降、マスコミが騒いでいる気配がないだろう？」

「そういえば、そうですね」

指摘されて、恵吾は初めてその事実に気付いた。周りの雑音に目が行かない状況だったせいもあるが、小笠原グループ御曹司が逮捕されたというのに、マスコミが騒いでいる気配はなかったし、病院周辺も静かだった。

「橘《たちばな》大臣の不正融資疑惑と、人気アイドルの電撃結婚と、大きなニュースが立て続けにあったからだよ。報道もワイドショーも全部、そっちに行ってる。まあ、小笠原グループが圧力をかけてるところもあるがな」

「そうだったんですね」

恵吾は納得するとともに、小笠原グループの力に感心した。確か、系列にマスコミ関係はなかったはずだが、大口のスポンサーであったり、融資先であったりするのだろう。

「そういうわけだから、この先もよろしく頼むよ」

「精一杯、務めさせていただきます」

　恵吾は深く頭を下げ、松下の部屋から立ち去った。

　松下に言われるまでもなく、恵吾はやれるだけのことをするつもりでいる。そのために、忙しく出歩いているのだ。

「藤野《ふじの》先生、お荷物が届いたので、お部屋に運んでおきました」

　廊下で出くわした白井《しらい》が、笑顔で用件を伝えてくる。

「ありがとう。そうだ。白井さん、ちょっといいかな」

「なんでしょう?」

「女性の意見を聞かせてほしいんだ」

　恵吾はそう言ってから、自室へと白井を招いた。廊下でも話せなくはないが、やはり事件に関わることだ。人の目も耳も避けたほうがいいだろう。

「白井さんは恋人の過去が気になったりする?」

　部屋に入ったところで、恵吾は白井に問いかける。

「相手の過去ですか?」

　前置きなしの唐突な質問に、白井は軽く首を傾《かし》げる。

「過去のない人なんていませんから、気にしても仕方ないですよね。今、私のほうを向いていてくれるなら、気にしないようにします」

「それじゃ、もし、過去の恋人を引き摺《ず》ってるってわかったら？」

「それは嫌ですね」

白井は迷いなく、きっぱりと答える。

「たとえ、体の関係がなくても、気持ちだけだと言われても許せません」

「許せないなら、報復する？」

「ええ。徹底的に。幸い、私には弁護士のツテがいっぱいありますから」

そう言って、とびきりの笑顔を見せた後、白井は表情を引き締めた。

「でも、それだと、報復どころか、何も言えない人もいるでしょうね」

「どうして？」

「自分が過去の恋人に負けたと公言することになりますから。プライドが高い人なら尚更《なおさら》だと思いますよ」

恵吾が全く想像もしなかった考えだ。やはり、女性の白井に意見を求めてよかった。おそらく、雪美もそのタイプだろう。顔を合わせたのは一度きり、しかも短い時間でしかなかったが、お嬢様育ちのせいか、プライドの高そうな印象を受けた。

「ものすごく突飛な話なんだけど、もし、白井さんが人を殺そうと思ったら、誰を共犯者に選ぶ？」

「そもそもその前提に共感できないんですけど」

さすがに白井も苦笑したものの、何かの参考になるならと、真剣に考えようとしてくれている。

「できれば、共犯者は作りたくありません」

「そこからばれる恐れがあるから？」

「そうじゃなくて、信頼できる人としか手を組めないじゃないですか。でも、犯罪者にするわけでしょう？　その人を不幸にすることがわかっていて、巻き込めません」

白井らしい考え方だが、それが全ての女性に通じる意見だとは、恵吾も思っていない。それでも、納得できるところは大いにある。

「ありがとう、参考になったよ」

「今の話がですか？」

白井は意外そうに首を傾げる。

「男の俺には、女性の気持ちを理解するのは難しいからね」

「それはお互い様です」

最後に白井はまたいつもの笑みを浮かべ、小さく頭を下げてから、部屋を出て行った。

一人になった恵吾は、まずは届いていた荷物を開けて、急ぎの仕事でないことを確認してから、事件の資料を見直した。

資料には、雪美の経歴も記されている。雪美は幼稚園から大学まで、都内にあるエスカレーター式の有名私立女子校に通っていた。卒業後、父親が社長を務める永富建設に入社し、結婚を機に退職したのが二十四歳のときだ。阿部を見初めたのは、父親の札幌支社視察に同行したときだったらしい。

十七年も同じ系列の学校に通っていたのなら、雪美の交友関係を探るのは難しくなさそうだ。

もし、雪美が阿部の過去、つまり晃司との関係に気付いていたとしたら、あのマンションに引っ越してから、きっと様子が変わったはずだ。雪美に変化はなかったのか。親しい友人なら何か気付いていたかもしれない。それを探ろうと考えた。

雪美の友人たちとの待ち合わせ場所に、恵吾が到着したのは午後七時少し前だった。事務所から雪美の高校時代の同窓生に連絡を取り、そこから、親しい友人を教えてもらい、さらにはその友人が他の友人も呼ぶと言ってくれた結果、三人の女性との待ち合わせになった。

弁護士事務所に来てもらえば、人目を気にせず話ができるのだが、それでは相手も萎縮するだろうし、口も重くなるだろう。だから、恵吾は機嫌よく、口を滑らかにさせるために、有名イタリアンの店を予約した。一ヶ月先まで予約で埋まっているという人気店だが、仕事柄、持っているコネをフルに使った。

「警察の方にも話しましたけど……」

テーブルに着いて、オーダーを通してから、このグループのリーダー格らしき増井《ますい》が口火を切った。その口ぶりからは、また同じ話をするのかという、困惑が読み取れた。

増井たちは雪美ほどではないものの、皆、美人の部類に入るだろう。増井だけが他の二人に比べてふくよかな体型をしていて、痩せ気味な二人に比べて頼りがいがあると感じさせる原因になっているのかもしれない。それに、さすがお嬢様学校と評判の女子校出身だけあって、三人とも上流階級独特の育ちの良さが見受けられた。

「申し訳ありません。ただ警察が情報をそのまま私たちに伝えてくれるとは限らないので、念のため、自分で確認をしておきたいんです」

恵吾は申し訳なさそうな表情を作り、あらかじめ考えていた口実を口にする。

「弁護士さんも大変ですね」

同情するように、増井たちは頷き合う。これで、とりあえずは納得してもらえたようだ。

「早速ですが、阿部さんの夫婦仲はどんな感じでしたか？」

恵吾は食事が来るのを待たずに本題を切り出した。

「どんなと言われても、一緒にいるところは、結婚式で見ただけですから」

増井の答えに、他の三人も口々に同意する。

「ですが、あなた方は阿部さん夫妻の仲はよかったと証言されていますよね？」

恵吾は疑問を投げかけた。警察の調書では、複数の友人から夫婦仲がよかったという証言が得られたとあった。それはこの増井たちではないのか。

「ご主人が忙しくて、なかなか一緒に出かけられないとは言ってました。でも、だからって、夫婦仲が悪いとは言えませんし、それに、雪美がご主人にベタ惚《ぼ》れなのはわかってましたから……」

増井が弁解するように答える。つまりは、阿部と雪美が実際に仲よさそうにしているところを見たわけではないということだ。あくまで、雪美から聞いた話から推測しただけに過ぎない。

「雪美さんは結婚してから札幌に引っ越されてますが、その間に会うことはあったんですか？」

「私は一度も会っていません」

増井はそう答えてから、隣の席の横道《よこみち》に視線を移した。

「ええ、私は何度か会いました。父が札幌にいるので、父を訪ねたときに……」

さっきまでは増井に同調するだけだった横道が、初めて自分の言葉で語った。

「阿部さん夫婦の札幌での暮らしぶりはどうでしたか?」

「さっきも言いましたように、ご主人とは会っていませんから、雪美のことだけですけど、慣れない土地で忙しそうにしていました」

「忙しそうとは?」

「毎日、何かのお稽古事に通っていたようです。友達のいない土地に引っ越したわけですから、交際範囲を広げようとしたんでしょうね」

横道は物わかりのいい友人の顔で、雪美の行動を分析しているが、恵吾にはその言葉に含みがあるように感じられた。何か言いたげに、でも、増井たちを気にして、口を閉ざしている。そんなふうにも見えた。

そう思うからか、よく見れば、他の二人に比べると、横道は庶民的な雰囲気を持っていた。身につけているアクセサリーやバッグも、他の二人とは違い、高級ブランドのものではない。

もしかしたら、増井たちがいなければ、違う話を聞けるかもしれない。その期待が恵吾を急《せ》かせた。とはいっても、食事が終わるまでは、三人を解散させることはできない。恵吾は飲み物だけしかオーダーしていなかった。話を聞かせてもらったお礼に、話を聞いた後は、友達同士、水入らずでの食事をしてもらうことにしていたからだ。

恵吾はそれから二、三の当たり障りのない質問をして、この場を切り上げることにした。

「今日はどうもありがとうございました。後はゆっくりとお食事を楽しんでくださ い」

礼を言った後、恵吾は一瞬だけ、横道に視線を留めた。他の二人には内緒で話を聞かせてほしいという願いを視線に込めた。

店を出てから、恵吾は辺りを見回す。店の出入り口から横道が出てくるのを確認できる適当な場所がないかを探した。隣はカフェだが、外が見えにくい造りになっていて、見張りに適さない。通りの反対側といっても、間に六車線も挟んでいては、横道を見つけられる自信はなかった。

結局、恵吾は店のそばで立って待つことにした。早くて一時間、それくらいは待つ覚悟だ。

携帯電話を取り出し、転送しておいた仕事のメールに目を通す。急ぎではないものの、できることはできるうちにしておきたい。ただ待つだけという無駄なことはしたくなかった。

そんなふうにして三十分が過ぎた頃、恵吾の視界に横道の姿が映った。横道はすぐに恵吾に気付き、近づいてくる。

「やっぱり、待ってましたね」

横道は知的さを感じさせる顔立ちの印象のままに、頭のいい女性のようだ。恵吾を見つけても驚きは見せず、予想どおりといった反応だった。

「何か話したいことがおありのようでしたから。もしかして、私のために早めに切り上げていただいたのでは……？」

「最初から、すぐに出るつもりだったんです。うちには五歳の子供がいますから」

「それは申し訳ありませんでした。お子さん、大丈夫ですか？」

恵吾はまず謝罪した。恵吾が連絡を取ったのは増井だ。その増井から他にも友達を連れて行くと言われただけで、小さな子供のいる女性までいるとは知らなかった。

「主人が見てくれています。どこかの御曹司でもエリートでもありませんけど、子煩悩ないい父親なんですよ」

横道の口調は自分の夫を褒めているようでいて、あの場にいた他の二人への当てこすりのようにも聞こえる。

「そういうわけですから、駅まで歩きながらの話で構いません？」

「ええ。それで充分です」

ここから最寄りの地下鉄の駅までは歩いて五分もかからない。おそらくそれだけの時間で済む話なのだろう。

「彼女たち、いかにもお嬢さんって感じだったでしょう？」

歩き出してから、横道が口元に小さな笑みを浮かべて問いかけてくる。

「そうでしたね」

「だから、付き合っていくの大変で」

横道は自嘲気味に笑った後、

「特に雪美とは付き合い辛かったわ」

ようやく、さっき話せなかったことを話し始めた。

「それはどうして？」

「お嬢さん育ちすぎたのか、親が甘やかしすぎたのかはわからないけど、とにかくなんでも自分の思いどおりにならないと気が済まない性格なの。結婚のことだって、そうでしょ？」

　知っているはずだと同意を求められ、恵吾も頷いてみせる。

「一目惚れして、父親に頼んだというふうには聞いています」

「それもかなり強引にね。断ると会社にはいられないくらいの言い方をしたらしいわ。この不景気に会社を辞めたくはないでしょうし、社長の娘だから逆玉だしね。阿部さんにも断る理由はなかったんじゃない」

「つまり阿部さんには打算しかなかったと？」

「そうじゃなきゃ、新婚の奥さんをほっといて、毎日毎日、自ら進んで残業なんてしないでしょう」

　さっきまでとは違い、横道は饒舌《じょうぜつ》だった。しかも、関係者しか知らないようなことまで話している。

「そんな内部事情をよくご存じですね」

「父が札幌にいると言ったでしょう？　私の父は永富建設札幌支社の支社長なの」

　その説明で横道のどこか自分を卑下したような態度の理由がわかった。雪美と横道の関係は、社長の娘とその部下の娘ということになる。何年も友達付き合いをしていながらも、横道は雪美にコンプレックスを抱き続けているのだろう。だからこそ、今こうして、被告人の弁護士にこんな裏事情を話してくれるに違いない。

「社長の娘婿で、新婚だと皆、知ってるんだから、普通は早く帰そうとするでしょう？　それを断って残業してたらしいわ」

「そう聞くと、夫婦仲がよかったようには思えませんね」

「警察には言えなかったけど、私もそう思ってる。雪美にはアリバイがあるって聞いたから、それならわざわざ言うまでもないでしょう？」

妬《ねた》みやコンプレックスがあったとしても、長く付き合ってきた友人だ。疑いを向けさせるような真似はしたくなかったようだ。

「日替わりでお稽古事に通ってたのも、ご主人が深夜まで帰ってこなかったからよ。年に数回しか会わなかったのに、会うたびにその愚痴を聞かされてたわ」

「そういうことだったんですね」

誰も知らない土地で、肝心の夫が自宅にいなければ、外に出て行くしかない。恵吾は初めて雪美に同情心が湧いてきた。

普通の生き方をしようと、逃げるようにして晃司との関係を終わらせたものの、結局、阿部に女性を愛することはできなかったのだろう。だから、わざと残業をして、夫婦の時間を作らないようにしていたに違いない。

「東京に戻ってきてからも、いくつか教室に通い始めたんだけど、一ヶ月くらいですぐに辞めたのよ。他に暇を潰せる何かができたみたいね」

横道は思わせぶりに言って、小さく笑う。

「もしかして、浮気を疑ってますか？」

「ただの女の勘。だけど、先月、会ったときには、明らかに札幌で会ったときとは、雰囲気が変わってた」

勘だと言いながらも、横道は確信しているようだった。雪美が浮気をしているとは、警察の捜査でも証言は出てきていない。だが、親しい友人が怪しむくらいの何かはあったはずだ。

仮に、雪美が浮気をしていたのなら、その浮気相手が共犯者になる可能性は高い。共犯者がいれば、雪美のアリバイなど意味がなくなる。

「私が話したかったのは、それだけだから」

横道がそう言い終えたところで、地下鉄の駅へと続く、地下通路の入り口が見えてきた。恵吾は礼を言って見送り、自らはその場からタクシーを拾った。

少しは前進したと言っていいのだろうか。晃司と阿部の過去がわかり、雪美の浮気疑惑も出てきた。だが、それらが事件に繋がるのかどうかは、依然として不明だ。

きっと前進しているに違いない。恵吾は自分にそう言い聞かせ、車窓に流れる夜の街の景色を眺めた。

4

刑事が捜査に行き詰まったときには、現場に戻ってみる。そんなふうなことを聞いた覚えがあって、恵吾《けいご》は初めて殺害現場になった、晃司《こうじ》と阿部《あべ》の暮らすマンションにやってきた。

写真では見ていたが、改めて、自分の目で見ると壮観だった。二十八階建て、二百戸を超えるタワーマンションは、まだ築五年ということもあり、外観も綺麗《きれい》なままだ。一階はエントランスフロアとして使われており、住居はなく、コンシェルジュの常駐する受付や、来客をもてなすためのラウンジがあるだけのゆったりとした造りになっている。

恵吾の姿を見つけるなり、受付にいた年配の男性が笑顔で近づいてくる。ホテルマンのような制服を着ていることから、おそらくコンシェルジュなのだろう。

「小笠原《おがさわら》晃司さんの弁護をしている藤野《ふじの》と申します。少しお話を聞かせていただけますでしょうか？」

恵吾は名刺を差し出しながら頼んだ。

「そうでしたか、小笠原さんの……」

胸に高野《たかの》と名札を付けたコンシェルジュが、神妙な顔で頷《うなず》きつつ、恵吾をラウンジへと誘った。他に客の姿がないこともあり、ゆっくり話ができると考えてくれたのかもしれない。

「小笠原さんが逮捕されたと聞き、私どもは非常に驚いております」

「つまり、とてもそんなことをしそうな人には見えないということですね？」

高野はそのとおりだと深く頷く。

「いつも笑顔で挨拶してくださいますし、宅配便を預かっただけでも丁寧にお礼を言ってくださいます。小笠原グループの御曹司でありながら、欠片《かけら》も驕《おご》り高ぶったところのない方でした」

そう言って、高野は自分だけではなく、他のスタッフも同じように思っていると答えた。

「被害者の阿部さんについてはどうですか？」

「それが……」

晃司について語ったのとは対照的に、高野の口が急に重くなる。

「まだ引っ越してこられて二ヶ月ですし、人となりがわからないのも無理はありません。何か気付いたことがあれば、どんな些細《ささい》なことでも構わないのですが……」

「ご主人とは出勤時の朝と帰宅時の夜にお会いしていましたが、いつも硬い表情で小さく頭を下げられるだけで、声を聞いたことすらありませんでした。奥様も同じような状況で、ご両親とはお話をさせていただいたこともありますが……」

阿部の人となりはこれまでに聞いていたとおりで、驚きはなかった。雪美《ゆきみ》に関しては、コンシェルジュたちと話をしないのは、おそらく人付き合いがどうとかではなく、必要性を感じなかっただけだろう。友人たちの証言から、そんなふうに思えた。

「雪美さんのご両親はこちらに来られたことがあるんですね？」

「ええ。ご両親だけでなく、ご友人の方々も、何度かお見えになっています」

そう答えてから、高野はふと思い出したように、

「そういえば、ここ一ヶ月ほどは、ほとんど来客はありませんでした。奥様の外出も引っ越し当時に比べると、極端に少なくなって、心配していたんです。どこかお加減が悪いのではないかと」

さすが、コンシェルジュといったところを見せつける。二百戸分の住人の出入りを全て把握しているのならたいしたものだ。

昨日、横道《よこみち》も同じようなことを言っていた。だが、外出頻度が下がっているのは、

想定外だった。

稽古事に行かなくなった分、他のこと、つまり浮気に時間を割いているのではないかと、恵吾は推測していたのだ。だが、出かけていないのなら、その考えは否定される。高野の証言どおりなら、男の来客は父親だけだ。浮気相手がいそうな気配は、ここでは全く見えてこなかった。

「警察からも聞いてはいるんですが、皆さんの目に触れずにこのマンションの出入りはできないというのは本当ですか？」

「そうなっております。完璧なセキュリティもこのマンションを販売するときの売りの一つになっておりましたから」

高野の口調には少し得意げな響きが感じられた。それだけ自信を持っている証拠だ。

「ゴミ収集所に繋《つな》がる出入り口も、防犯カメラが設置されておりますし、その映像は一ヶ月間、残されます」

「そして、その映像には不審な人物の出入りは写っていなかったんでしたよね？」

「ええ。警察の方が確認されました」

自分の目で確認すれば何かわかるかと思ったが、どうやら、ここは空振りだったようだ。毎回、何か目新しい発見があるはずはない。わかっていても、やはり気落ちせずにはいられない。

恵吾は礼を言って、マンションを出ると、そのまま晃司が入院する病院へと向かう。

「抜け道ねえ。そんなことを調べてたのか？」

いつもどおり病室に顔を出した恵吾が、さっきまで調べていたことを再度、晃司に問いかけると、明らかに呆《あき》れた顔で問い返してきた。

「不審者の出入りがなかったというのが、ネックになってるわけですから、それを崩すことができれば、あなたを犯人だとする根拠の一つがなくなります」

「まあ、俺を無罪だと立証するよりも、他に犯人を見つけるほうが手っ取り早いって考えるのはわかるよ」

晃司は他人事《ひとごと》のように言ってから、

「だが、そんな抜け道があるんなら、とっくに警察に話してる。俺だって、殺人犯になりたいわけじゃないんだ」

恵吾の努力を無駄だと言い捨てた。

「そうでしたか？　私はてっきり犯人になりたがっているのだと思っていましたが
……」

「言ってくれるよ」

恵吾が軽く嫌みを口にすると、晃司は気を悪くしたふうもなく小さく笑う。

「けど、どうして、急にそんなことが気になったんだ？」

その口ぶりには今更だろうという響きが感じられた。もっと早くに確認していてもよかったのではないかと言いたいのだろう。恵吾とて、何もなければ、警察が確認していることを自分で調べ直そうとは思わない。

「雪美さんが浮気をしていたかもしれないんです」

恵吾はそう言ってから、その浮気相手と誰にも知られずに会う方法がないかと探しているのだと付け加えた。

「おおかた、女友達からの情報だろ」

「よくおわかりですね」

まだどうやって雪美の浮気疑惑に辿《たど》り着いたかを話していないのに、晃司はまるで見ていたかのように言い当てる。

「これでもフリーライターだからな。人間関係については、企業ばかり相手にしている先生よりはわかってるつもりだ」

「ずっと引きこもりだったと仰《おつしや》ってませんでしたか？」

「昔の話だ。とっくに引きこもりは卒業してる。そうじゃなきゃ、この仕事をしてられないだろ」

「確かにそうですね」

恵吾はひとまず納得してみせた。このままでは肝心の話が進められない。裁判まで日がないのだ。

「これから、その噂《うわさ》の真相を確かめるつもりです」

「浮気相手を探すって？　警察も見つけられなかったのに？」

晃司が冷静に無理だろうと指摘してくる。捜査権もなければ、人手も恵吾のみという状況で、いったい、何ができるというのか。恵吾も無茶を言っている自覚はあった。それでも恵吾が自ら捜査に出る以外、他に方法はないのだ。

「外での目撃証言もなく、マンションに連れ込んだ形跡もなかったんだろ？」

「ええ。先ほど、マンションに伺って、コンシェルジュの方に確認を取ってきました。そんな男は来ていないそうです」

「だろう？　非常階段は外から開かないようになっているし、防犯カメラも設置されている。だから、たとえ、奥さんが浮気をしていたとして、マンション内では会っていないってことだ」

晃司はまるで他人事のような言いぐさだった。誰も怪しい奴《やつ》がいないのでは、晃司が犯人にされてしまうというのにだ。

「一度だけとはいえ、阿部さんの部屋に入ったんですよね？　何か気付いたことはありませんか？」

「部屋に入ってすぐに刺されたんだ。そんな暇があるわけないだろ」

「どうして、思い出そうともしないんですか？」

考える素振りさえ見せずに即答した晃司に、恵吾は不快感を露《あら》わにする。

事件が起きてから、まだ二週間も経《た》っていない。とはいえ、忘れてしまったこともあるかもしれない。それなのに、晃司は初めから思い出そうともしないのだ。その態度が恵吾を苛《いら》つかせた。晃司の弁護を任されてから四日が過ぎ、その間、睡眠時間が極端に少なくなっていることも影響しているのだろう。いつもより冷静ではいられなかった。

「阿部さんとの過去を隠しておきたいことはわかりました。ですが、それ以外のことには協力していただかないと、弁護ができません」

「最初からしなくていいと言ってたはずだけどな」

だから、協力することは何もないと言いたげな晃司の態度が、恵吾の残っていた僅かな冷静さを奪い取った。

「ふざけるなよ」

喉から絞り上げるように出された声は、自分のものとは思えないほど低く、怒気を孕《はら》んでいた。おそらく、恵吾の人生でこれまでに一度も出したことのない声だ。

「殺人犯になるってことが、どういうことだか、本当にわかって言ってるのか？　お前一人だけの問題じゃないんだ」

恵吾は相手が小笠原グループの身内だということも忘れ、声を荒らげて怒鳴りつけた。恵吾にそんな態度を取られるとは夢にも思っていなかったのだろう。晃司が驚いた顔で言葉を失っている。

「どうしました？」

恵吾の声が部屋の外にまで聞こえてしまったようだ。警備をしていた警察官が、慌てた様子で飛び込んでくる。

「すみません。つい話し合いに熱が入ってしまって……」

咄嗟《とっさ》に表情を取り繕い、恵吾はなんでもないと警察官に詫《わ》びた。だが、怒鳴り声は恵吾のものだったから、警察官はそれだけでは納得できないといったふうに、晃司にも視線を向けた。

「ええ、大丈夫です。お騒がせしてすみませんでした」

晃司も大人しく謝罪したことで、警察官も納得したようだ。次からは気をつけるようにと言い残して、警察官が立ち去ると、また二人きりだ。

「お前、家族のことを考えたことがあるのか？」

警察官の登場により、失っていた冷静さが戻ってきた。だが、一度、止《や》めてしまった言葉遣いは元には戻らない。晃司を相手にするには、むしろ、このほうが本音を引き出せそうな気がしてきた。

「昔の恋人のためか知らないが、お前のしてることはただの自己満足だ。それで殺人犯になっても、お前はいいだろう。けど、殺人犯の家族にされてしまった、お前の親や兄弟はどうなる？」

勢いに任せて責め立てると、晃司はハッとしたように目を見開き、息を呑《の》んだ。自分に関わらないことなら冷静に見られても、自分自身のこととなると客観的な判断ができず、そんな簡単なことすら想像できていなかったらしい。

「小笠原グループだって、今までどおりってわけにはいかないだろう。そこで働く何万人という従業員の人生だって、お前が変えてしまうかもしれないんだ」

恵吾が言い募るにつれ、晃司の気持ちが揺らいでいくのがわかった。それを見逃さず、恵吾はさらに畳みかける。

「何も裁判で全てを馬鹿正直に話す必要はない。嘘《うそ》は吐《つ》けないが、話したくないことは話さなくていいんだ」

だから、自分の前では正直に全てを話せと、恵吾は言った。

「それが、弁護士の言う台詞《せりふ》か？」

「弁護士だから言うんだ。検事がこんな甘いことを言うか」

とても人には聞かせられない恵吾の台詞に、晃司がようやく笑顔を見せる。

「俺は思い違いをしていたらしい」

「思い違いって？」

「阿部との関係を黙っていたのは、阿部のためじゃなかった。小笠原グループにとってもマイナスになると思ったんだよ」

晃司は晃司なりに家のことを考えていた。ゲイであることが公になり、そのことが原因で殺人事件が起きたと噂されては、小笠原グループにとって大きなスキャンダルになってしまう。これまで自分だけが家業に関わらず、好き勝手な生き方をさせてもらっていたという負い目があったのだろう。これ以上、家族に迷惑をかけるような真似《まね》はしたくなかったということのようだ。

「殺人事件なら無理でも、それくらいのことなら揉《も》み消せる。小笠原グループの力を

「見くびるなよ」

「俺が言うならともかく、なんで、先生がそれを言うんだよ」

晃司が声を上げて笑う。

「お前が小笠原グループの力をわかってないみたいだから、俺が教えてやったんだろ。案外、内側にいるほうが、外から見るよりもわかっていなかったりするもんだ」

「かもしれないな」

自嘲気味に呟《つぶや》いた晃司の表情からは、さっきまでの暗い影が消えていた。恵吾に怒鳴りつけられたことで目が覚めたのか、何かを吹っ切ったような清々《すがすが》しい表情に変わっている。

「わかったら、もう一度、あの日のことを最初から話してみろ。どんなに細かいことでもいい。話しているうちに何か思い出すかもしれないだろ」

恵吾は改めて問いかけた。警察でも恵吾に対しても、既に話していることだが、隠し事があるときとそうでないときとでは、話し方も変わってくる。そうなれば、何か今まで忘れていたことにも気付くかもしれないのだ。

「思い出したくなかったんだけどな」

「まだそんなことを言ってるのか?」

恵吾が睨《にら》み付けると、晃司はそうじゃないと苦笑いで否定する。

「俺が何かに気付けていたら、あいつは殺されなかったかもしれない。それを知るのが怖かったんだ」

ぽつぽつと話す言葉の中に、晃司の苦悩が感じられた。何もかも自分のせいだと責任を背負い込み、後悔で雁字《がんじ》搦《がら》めになっていたのだろう。そのせいで他人を寄せ付けなくなっていたのだと、恵吾はようやく気付いた。

「けど、それが間違いだったんだな。どうして殺されなければならなかったのか。それを明らかにすることが、せめてものあいつへの供養だ」

晃司はもう大丈夫だとばかりに恵吾の目を見つめ、小さく頷いた。それから、記憶を辿るように目を細める。

「あの日は、正直、行くかどうか迷ってたんだが、阿部が部屋まで迎えに来て、それで仕方なく、一緒に阿部の部屋に行った」

「そのとき、鍵は？」

「かかってた。阿部が鍵を開けるのも、中に入ってから閉めたのも、この目で見てる。用心深いのは昔と変わらないなと思ったから、よく覚えてるよ」

マンション内を移動するだけなら、鍵をかけずに出ることもあるかと考えたのだが、そんな隙はなかった。

「部屋に入ると、すぐにリビングに通されて、阿部が何か飲むかと聞きながら、キッチンに向かった。そのとき、後ろから刺されたんだ」

警察の聴取の際と変わらない答えだ。だが、晃司はもっと詳細に思い出そうとして、手を額に当てて考え込む。

「おかしなことといえば、事件とは関係ないが、靴箱の上に宅配ピザのチラシがあったな。どこの店のものかまでは覚えてないが……」

「それが？」

珍しいことではないだろうと、恵吾は首を傾《かし》げる。恵吾が一人暮らしをしているマンションの郵便受けにも、よく宅配ピザ店のチラシは投げ込まれている。それをそのまま部屋に持ち帰っただけではないのか。

「さっき俺のマンションに行ったんだろ？　メールボックスもコンシェルジュの目の届く場所にあって、チラシの投げ込みはできないんだ」

普段、目にすることがないから、晃司の目にも留まったということらしい。

「一度でも利用したことがあれば、そのときにチラシもついてこないか？」

恵吾は数少ない経験を思い出して言った。恵吾も一人暮らしだが、晃司のマンションとは違い、チラシは数多く投げ込まれている。大抵はゴミにしかならないのだが、一人前から宅配してくれる飲食店のチラシには助かっていた。初回はそのチラシを見て頼んでも、次回用にとメニューなり、チラシなりが添えられていたはずだ。

「まあ、そういうことなんだろうな。俺はただ珍しいものがあるなと思って、気になっただけだ」

阿部はほとんど自宅で食事を取らなかった。毎日、残業で夕食は会社で済ませていたという話だった。だから、そのピザを頼んだのは雪美ということになる。それが晃司には理解できなかったようだ。

「来客があったときに頼んだだけじゃないか？　家族や女友達は来たことがあるらしい……」

そう答えかけ、恵吾はふと気付いて言葉を途切れさせる。来客があったのは先月までのことだ。今月に入ってからは、誰も来客がなかったと、コンシェルジュは言っていた。そうなると、そのチラシはいつ手に入れたものなのか。チラシをそう長く置きっぱなしにしているとは思えない。

「来客がなかったって言われたが、お前も事件の日には訪ねてるわけだよな？」

「そりゃ、俺はマンション内を移動するだけで、エントランスにまで顔を出すわけじゃないからな」

何を当たり前のことを言っているのだと、晃司が呆れたように答える。

「それだ」

恵吾は自分の思いつきに堪《たま》らず声を上げた。

「マンション内の住人なら、誰にも見られずに被害者の部屋に行ける。条件はお前と同じだ」

「浮気相手が犯人で、その男もマンション内の住人ってことか」

確認を求めてくる晃司に、恵吾はそうだと頷いた。

そう考えれば、全てが解決する。自宅の鍵はあらかじめ雪美が渡しておけばいい。あのマンションは建物内に入るにはテンキーで暗証番号を打ち込むだけだ。雪美ならコンシェルジュたちに止められることもないから、自室の前までは問題なく到達できる。

そうして鍵を手に入れた真犯人は、阿部が部屋を出た隙に侵入し、隠れておく。そして、二人を刺した後、また鍵を閉めて出れば、状況的に犯人は生き残った晃司になる。鍵はまた雪美が帰ってきたときに渡せばいいだけだ。

最初から晃司に罪を被《かぶ》せるつもりだったとは思えない。おそらく殺人は突発的なものだったはずだ。何故《なぜ》なら、容疑者を不特定多数にしておくほうが犯人にとっては有利だからだ。あえて人の出入りが見張られているマンション内で殺人を犯す利点が、犯人にはないのだ。つまり咄嗟に晃司を犯人に仕立て上げることにしたと考えるほうが無理がないだろう。

「次は浮気相手を探すつもりか？」

「当然だろ。犯人の可能性があるんだ」

「うちのマンションにどれだけ人が住んでると思ってるんだ？　総戸数二百を超えてるんだぞ」

その中から浮気相手を探すのは、気の遠くなる話だと言いたいのだろう。だが、まるで手がかりがなかったときに比べれば、はっきりとした目的ができただけでも、士気が上がる。

「東京中の男から浮気相手を探すんじゃない。たった二百だ。そのうち浮気相手になりそうな年代をピックアップすれば、もっと人数は絞れる」

「なんだか、生き生きしてないか？」

「そうか？　いや、そうかもしれないな」

恵吾は正直に認める。手がかりが見つかったかもしれないことで、気分が高揚していたのは事実だった。

「俺のおかげだよな？　ヒントを出したわけだし」

「お前のためにやってることで、おかげ呼ばわりされるのは納得いかないが、何が言いたい？　礼でも言ってほしいのか」

「言葉より行動がいいな」

そう言って、晃司がニヤリと笑う。

「キスの一つでもしてもらえたら、これからも何か思い出すかもしれないぞ」

最初はすぐに意味が飲み込めなかった。何しろ、自分も男で、晃司も同じ男なのだ。だが、晃司が過去に阿部と付き合っていたこともあるゲイだと思い出し、キスを強請《ねだ》られる理由にも思い当たった。

「そうか、ゲイだったな」

恵吾は納得して頷くと、そのまま晃司との距離を詰めた。

多分、恵吾はいつもどおりの冷静な恵吾ではなかったのだろう。疲れも溜《たま》っていたところに、気分が高揚する出来事が起こり、おかしな心理状態になってしまっていたに違いない。そうでなければ、男とキスをすることに、なんの躊躇《ためら》いも起きないはずがなかった。

恵吾が真顔で顔を近づけると、一瞬、晃司は驚いたように目を見開いたものの、すぐに恵吾を受け入れるために目を閉じた。

晃司の唇まで残り数ミリ。たったそれだけの僅かの距離なのに、縮めるための勢いが恵吾にはなかった。近づいたことで気付かされた晃司の香りが、相手が男なのだと恵吾に教え、動きを止めさせた。

だが、恵吾の唇には晃司のそれが重なった。動かない恵吾に代わり、晃司が数ミリをゼロにしたのだ。キスを強請った晃司が、目の前にある褒美を見逃すはずがなかった。

男の唇の感触は初めてだが、想像よりも柔らかく、目を閉じていれば、女性とするときと変わらない。だが、それはあくまで目を閉じていればの話だ。数秒で顔を離すと、間近にはやはり男の晃司の顔がある。今のキスは男とのものだと、改めて恵吾に知らしめていた。

「これで納得したら、次からもちゃんと協力しろよ」

それでも恵吾は平静を装った。きっと晃司は恵吾を驚かせたくて言い出しただけだったはずだ。それなら、動揺など見せられない。

「俺は早速、浮気相手を探しに行く。お前も何か思い出したら、すぐに知らせろよ」

最後に念を押すように言ってから、恵吾は病室を後にした。

ドアの外にいる警察官は、何事もなかったかのような顔で、恵吾を見送っている。大きな声を出したのは一度だけで、それ以降の会話までは聞こえていなかったとは思うが、こんな場所でキスをしてしまったことが、どうにも恵吾に後ろめたさを覚えさせる。

足早にその場から立ち去り、病院前で客待ちをしていたタクシーに乗り込む。恵吾が行き先を告げ、それに対して運転手が返事をして以降、話しかけてこなかったから、おかげでゆっくりと考えを巡らすことができる。

それなのに、まだ晃司とのキスが頭を離れなかった。あまり経験がないとはいえ、恵吾の恋愛対象は女だ。男とそんな関係になるなど、想像すらしたことはなかった。それなのに、晃司とのキスには不思議と嫌悪感が湧いてこない。むしろ、女性とするより自然な気さえしていた。

だが、今はそんなことを考えている場合ではない。恵吾は頭を振り、無理矢理に思考を遮った。

恵吾が事務所に立ち寄ったのは、夕方になってからだった。恵吾の仕事は晃司の弁護だけではない。日中でなければできない作業以外は、全て、こうして夜に回していた。

「先生、ちゃんと寝てらっしゃいます？」

廊下で顔を合わせるなり、白井《しらい》が心配した顔で尋ねてくる。

「顔に隈《くま》でも出てる？」

「いえ、いつもどおりにイケメンですけど、これだけの仕事をこなしてたら、眠る時間なんてないんじゃないかと思って……」

冗談っぽく問いかけた恵吾に、白井も冗談を交えつつも、心配していることは隠さなかった。

「昨日は一時間くらい寝たかな」

「たった一時間ですか？」

「短い時間でも熟睡できれば問題ない。顔に隈もできないくらいだし」

「それは体質の問題です」

恵吾の軽口を白井はきっぱりと切り捨てる。

「あまり無理はなさらないでくださいね。私にできることなら、なんでも言いつけてくださいい」

「今までも充分に手伝ってもらってるけど、そう言ってもらえると、正直、助かるよ。一人だとなかなか手が回らないんだ」

恵吾は苦笑いで現状を正直に伝えた。これから、浮気相手を探すのだが、マンションの住人、一人一人に話を聞いていれば、いつ終わるかわからない。それに、直接、浮気相手ですかと聞かれて、そうだと認める人間もいないだろう。つまりは周辺から探っていくしかないのだ。

「それじゃ、私が浮気相手になりそうな住人をピックアップします」

「そうしてもらえると助かるな。もう住人の名簿は借りてきてるんだ」

恵吾はそう言いながら、プリントアウトされた用紙の束を白井に差し出す。

「任せてください」

力強く言って、白井が名簿を受け取る。

「この作業の分は、今日はゆっくり眠ってくださいね」

「ありがとう。お言葉に甘えて、そうさせてもらうよ」

恵吾は礼を言ってから、自室に向かった。

白井にああ言ったものの、おそらく今日もそれほどゆっくりと休んではいられないだろう。しておかなければならないことは、まだまだあるのだ。

部屋に入ってすぐ、恵吾はパソコンを起《た》ち上げた。実際に聞き込んで回るのは明日だが、そのための下調べは必要だ。

晃司たちの住むマンションが配達エリアになっているピザ店を調べ上げ、実際に阿部宅に配達した店を見つけ出すのが、明日の目標だ。阿部の部屋にあったというチラシは、おそらく雪美が来客とともにピザを食べたときのものだと、恵吾は考えていた。運がよければ、配達した店員から、浮気相手の情報が得られるかもしれないという、期待もあった。

その期待がパソコンを操作する恵吾の指の動きを速めていた。

5

白井《しらい》が纏《まと》めてくれた浮気相手候補の資料は、非常にわかりやすかった。さらには、恵吾《けいご》が自分でするよりも、女性目線が入っている分、より現実的な気がした。

白井は浮気相手候補を年齢や職業により、浮気相手になりそうな順に、三つにグループ分けしてくれていた。見落としがあってはいけないと、かなり年齢に幅を持たせているからだろう。十代の少年や六十歳以上の老人は第三グループといったふうに、恵吾が最後に当たればいいようにしてくれている。それでももっとも浮気相手になりそうな第一グループだけでも、百人近かった。マンションの規模を考えれば仕方ないのだが、これを聞き込みしながら調べていては、一日や二日で終わりそうにはない。

「こうして見てみると、お勤めに出られていない方も多いんですね」

恵吾は資料を見ながら、コンシェルジュの高野《たかの》に問いかける。

今日は朝から、殺害現場となったマンションに来ていた。資料を基に、住人たちから話を聞くつもりだった。もちろん、事件について何か知らないかという質問をして、相手の反応を窺《うかが》うためだ。もし、雪美《ゆきみ》の浮気相手で、事件に関係していたとしたら、きっと何かしらの反応は見せるはずだ。

「そうですね。金銭的に余裕のある方が多いからでしょうか。在宅でお仕事をされている方もいらっしゃいますが、それで生計を立てておられるわけではないようです」

「働かなくてもいいだけの資産があるというわけですか。羨ましいですね」

「全くです」

高野も笑顔で同意する。

「今、在宅されている方だけでも、お話を伺いたいのですが……」

「電話して聞いてみましょう」

恵吾の申し出に、高野がすぐさま行動に移す。警察からも事情を聞かれているだろうし、その段階では何もめぼしい証言が得られていないのは、調書に何も出てきていないことからわかっているが、恵吾が知りたいのは調書には載らない相手の反応だ。

恵吾が普通なら出かけていて留守が多いはずの午前中に、マンション住人から話を聞こうとしたのは、それも浮気相手の条件の一つになっていたからだった。いくら連日残業続きだからといって、終業時刻後の時間帯では、いつ阿部《あべ》が帰ってくるかわからない。確実に阿部が会社にいる時間に相手を招き入れていたに違いないと、恵吾は考えた。だから、平日の昼間に在宅している住人を疑ったのだ。

最初の聞き込みでは、めぼしい情報は何も得られなかった。そもそも、恵吾に会って話をしてくれたのは、たったの五人だったのだ。いくら日頃、親しくしているコンシェルジュからの頼みでも、これ以上、事件に関わりたくないと思うのは当然の心理だし、事件については何も知らないし、晃司《こうじ》や阿部とも面識はなかったと言われてしまうと、無理強いはできない。

結局、恵吾はマンション住人への聞き込みは後回しにした。次にすることが決まっていたから、割り切るのも早かった。

昨日のうちに、マンションが宅配エリアに入っている宅配ピザ店は調べておいた。全部で三店、それらを順に当たっていく。

「ええ。うちで配達してますよ」

二番目に訪ねた宅配ピザ店、『ミラノピッツァ』の店長は、恵吾がマンション名を口にすると、考えることもなく即答した。

「お得意様ですから、マンション自体には週に二、三度は行ってますね」

「七〇七号室の阿部さんのところはどうですか？」

「ちょっと待ってくださいね。配達は私がしてるんじゃないので、名前まではすぐに思い出せなくて……」

店長はそう言いながら、パソコンの操作を始めた。昼食時間帯をとっくに過ぎた時刻だからか、店は落ち着いていて、だからこそ、店長もゆったりと恵吾の相手をしてくれているのだろう。

「ああ、ありました。阿部さん、今月だけでも三回、配達させてもらってます」

恵吾の読みは当たった。やはり、置いてあったチラシは最近、手に入れたものだったのだ。

「実際に配達をされた方とお話しできませんか？」

「構いませんけど、同じバイトが配達してるわけじゃないんですよ。全員と話しますか？」

「できれば……」

恵吾の頼みに、店長は再度、パソコン画面に向かう。配達したアルバイトの名前を確認しているようだ。

「阿部さん宅に配達したのは、二人ですね。一人は今、店に出てますから、すぐに話せますよ。でも、もう一人は明後日《あさって》まで出勤がありませんけど、どうします？」

「とりあえず、そのお一人と話をさせてください。もう一人の方には私の連絡先を教えておいてもらえますか」

「わかりました。じゃ、木下《きのした》を呼んできます」

店長はまず出勤しているアルバイトの木下を呼ぶために店の奥へと消えていく。もう一人にはこの後、連絡を取ってくれるのだろう。

「えっと、俺に話ってなんですか?」

店長に連れられ、奥から出てきたのは、二十歳そこそこの青年だった。弁護士から話を聞きたいと言われる覚えはないと、不思議そうな顔で問いかけてくる。

「君がピザを配達していたお宅について、少し聞きたいことがあるだけなんだ」

「はあ……」

まだ納得できなそうな木下に、恵吾は阿部の名前を出した。

「配達したときに、他に誰かいなかった?」

「いたと思いますよ」

迷わず答えたものの、木下の返事は断定ではなかった。

「思うって?」

「顔も見ていないし、声も聞いてませんけど、頼んだ量が一人分じゃなかったから、誰かいるんだろうなって」

「ああ、そういう意味か」

納得できる理由に恵吾も頷《うなず》く。

「それじゃ、ピザを受け取ったのは奥さんなんだ？」

「でしたね」

さっきからすらすらと答えているが、木下が阿部宅に配達したのは、一度だけのはずだ。それなのに、どうしてそんなによく覚えているのか。恵吾がその疑問をぶつけると、

「俺が配達したときが、初めての宅配ピザだったらしくて、ものすごく手間取ったから、よく覚えてるんです」

「そんなふうなことを言ってたんですか？」

「ええ。俺が何か聞くたびに、中に引っ込んで誰かに確認取って戻ってきてたんで……」

それなら奥にいる誰かが出てきたほうが早い。にも拘わらず、そうしなかったのは、その誰かが顔を見られることを警戒していたからではないだろうか。恵吾の疑惑はますます深まる。

だが、この木下から聞き出せたのはそれだけだった。もう一人からも話を聞くつもりでいるが、ただピザを配達するだけだし、浮気相手が顔を見せないよう警戒してい

たのなら、無駄骨に終わるだけかもしれない。それでも、少ないなりに情報を集めるしか、今の恵吾には方法がなかった。

毎日、晃司と面会するとは決めていない。できるだけ、顔を出そうとは思っているが、今日は聞き込みに時間がかかった。一息吐《つ》いたのは、面会時刻がとっくに終わった、夜の八時過ぎだった。

「一旦、事務所に戻るか……」

恵吾は腕時計で時刻を確認しつつ、独り言を呟《つぶや》く。

マンション近辺の出前をしている飲食店を当たったが、めぼしい収穫はなかった。実際に阿部の部屋に出前をしたという店員と話もしたが、宅配ピザ店と同じような答えで、誰も雪美の浮気相手らしい男を見た者はいなかった。

成果が得られないと、一気に疲れが押し寄せてくる。一日でこれだけ歩き回ったのは、弁護士になってから初めてのことだ。おまけに連日の睡眠不足が、恵吾の動きを鈍らせていた。

「危ないっ」

不意に聞こえてきた声が、自分に向けて発せられたものだと気付いたのは、猛スピードで走る車が脇を掠《かす》めてからだった。

「大丈夫ですか？」

スーツ姿の男性が大声で呼びかけながら、恵吾に走り寄ってくる。

恵吾はバランスを崩して、歩道のそばのフェンスに強く体をぶつけ、その衝撃で地面に座り込んだ。それでも、走り去った車を確認することは忘れなかった。だが、ナンバープレートは隠されていて、ただ黒のセダンタイプの車だということしかわからない。

「危ない車だなぁ。こんな狭い道で何を考えてるんだ」

恵吾のそばまで来た男性が、自分のことのように憤って、恵吾と同じ方向を見送っている。

「声をかけていただいて助かりました。ありがとうございます」

恵吾は立ち上がり、男性に礼を言った。男性が呼びかけてくれなければ、撥《は》ね飛ばされていたかもしれないのだ。

「無事でよかったですよ。でも、念のために病院に行ったほうがいいんじゃないですか？　それに警察に通報もしないと」

そんな大げさなと言いかけた恵吾の口を、男性が予想外の言葉を続けて閉ざさせた。

「あの車、あなたを狙ってたんじゃないかな」

「私をですか？」

驚きで問い返す恵吾に、男性は真剣な顔で頷く。

「多分ですけど、あの車はあなたの姿を確認してからスピードを上げた。そんなふうに見えました」

一方通行の一車線分の幅しかない道路で、白線を引いて区切った路側帯があるだけだ。おまけに人通りも少ない。今までそんなふうに考えたことはなかったが、いざ、狙われてみると、ここほど意図的なひき逃げに適した場所はないだろう。

自分が狙われる理由……。恵吾には一つしか思い浮かばない。晃司の事件だ。それ以外は企業を相手にしか仕事をしてきていないし、プライベートで人に恨みを買った覚えもなかった。

晃司の事件では、恵吾だけが晃司の無罪を証明しようとしている。つまり、恵吾さえいなければ、事件は晃司が犯人で終わるのだ。

このひき逃げと晃司の事件を警察が結びつけてくれればいいが、おそらく、警察は
「警察？」

無関係だとするだろう。晃司を犯人だとして起訴した時点で、警察にとって、この事件はもう終わっているからだ。

それでも、恵吾は警察へ通報した。警察の捜査でひき逃げ犯が捕まれば、必然的に晃司の事件の真犯人も見つかるかもしれない。そんな微《かす》かな期待を込めた。

恵吾が目を覚ましたのは、ひき逃げに遭ってから、半日近くが過ぎた午前八時だった。しかも、寝ていた場所は病院のベッドだ。殺風景な個室の中で、恵吾はベッドで横になっていた。

「お目覚めになられました?」

ベッドの上で不思議そうに辺りを見回している恵吾に気付き、白衣姿の看護師が声をかけてきた。

「そうか。あのまま眠ってしまったんですね?」

ようやく昨晩のことを思い出し、問いかけた恵吾に、看護師はそうだと頷く。

警察に通報した後、到着した警察官から念のために病院で検査を受けるようにと言われ、パトカーで送ってもらったのは、晃司が入院している病院だ。面会時間はとっくに過ぎていて、恵吾も晃司に会えるとは思っていなかった。ただ警察官に事件との関連性を印象づけるためだ。

事情聴取は病院に向かうパトカーの車内で行われ、病院に着くと、早速、検査に回された。頭をフェンスに打っていたから、自覚症状はなくても念のためにとCT検査までされた。それで横になったおかげで、一気に眠気に襲われた。連日の寝不足が祟《たた》ったのだ。

「検査中に駆けつけてこられた上司の方に、自然に目を覚ますまで、寝かせておいてほしいと言われていたものですから……」

「ご迷惑をおかけしました」

恵吾は照れ笑いを浮かべて謝罪した。

検査結果に何も問題はなかったから、いつ帰ってもいいと言い置いて、看護師は病室を出て行った。それを見送ってから、恵吾はすぐに身支度を始める。ぐっすりと眠ったおかげで、体の疲れはすっかり抜けて、診断どおり、どこにも異常は感じない。

もっとも、だからといって、このまま晃司に会いに行くのも、事務所に顔を出すのも躊躇《ためら》われる。着の身着のままで寝ていたため、シャツもスラックスも皺《しわ》だらけだ。一度、自宅に戻り、身なりを整えてから出直したかった。

その前に、事務所に電話だ。昨晩は病院に着いてすぐ、松下《まつした》に事情説明の電話をかけていた。その後、恵吾が眠っている間に、誰か来てくれていたらしい。その礼と、検査結果の報告をしておきたかった。

『よく眠れたかな?』

松下に電話が繋《つな》がるなり、そう問いかけられ、恵吾は苦笑で答える。

「おかげ様でぐっすり眠れました」

『それはよかった。怪我《けが》の功名といったところだな。そうでもしないと、君はちゃんと睡眠を取らないだろう?』

「そんなこともないんですが……」

もしかしたら、白井が何か言ってくれたのかもしれない。恵吾以外にも大勢の弁護士を抱えている松下だから、恵吾の体調にまで気を遣っている時間はないはずだ。それでも、気遣いが嬉《うれ》しかった。

『君とは十年近い付き合いだが、寝顔を見たのは初めてだよ』

「先生がいらしてくださってたんですか?」

今度こそ、恵吾は驚きを隠せなかった。

『ちょうど手が空いていたからね』

松下は恵吾に気遣わせないように軽い口調で言ってから、

『それに、君が狙われたのも、元を辿《たど》れば、私が晃司くんの弁護を任せたからだ』

僅かに責任を感じているふうな響きを滲《にじ》ませた。

『晃司くんも心配していたよ』

「お会いになったんですか?」

『いや、面会時間外で会えなかったが、君のことは伝言しておいたんだ。そうしたら、さっき、元気なら顔を出してほしいと晃司くんからの伝言が返ってきたんだよ』

これは先に口止めしておかなかった恵吾のミスだ。余計な心配をさせたくなかったのだが、ばれてしまっては仕方ない。

「一度、自宅に帰ってから、出直すつもりですが……」

『そう言うだろうと思ったが、女性に会うわけじゃないんだ。晃司くんも気にしないだろう。それよりも早く君の無事な顔を見せて安心させてあげなさい』

松下にここまで言われると、もう自宅に戻ってなどとは言っていられない。洗面道具くらいは病院の売店で買えるから、それで間に合わせるしかなさそうだ。

電話を切ってから、恵吾は地下にある売店でとりあえずの必要なものを揃《そろ》え、身繕いした。そして、治療費の精算を済ませたところで、晃司の病室に出向いた。

「本当にどこも怪我はなさそうだな」

晃司は恵吾の姿をまじまじと見つめ、自分の目で確認して言った。

「ああ。なんともない」

「犯人は？」

「まだだ」

恵吾は短く答える。朝になって、目覚めたときにも、警察から犯人が見つかったとの連絡はなかった。これが死亡事故なら、警察も躍起になって犯人捜しをするのだろうが、恵吾が全くの無傷だから、警察も暢気《のんき》に構えているのかもしれない。

「狙ったのは本当の犯人だと思うか？」

問いかけに恵吾は深く頷く。

「他に心当たりはない」

「警察にそのことは？」

「言ってみたが、多分、警察は関連性があるとは思っていないだろうな。弁護士なら恨まれることは他にもいっぱいあるだろうと言いたげな態度だった」

これで事件の真相解明に一歩近づけると期待したのもつかの間だった。事情聴取をした刑事たちの態度で、警察が当てにならないことを、恵吾は改めて悟ったのだ。

「もういい」

「何がだ？」

「命を危険に晒《さら》してまで、俺の弁護をしなくていいと言ってるんだ」

晃司の態度がまた一昨日までのように硬化している。弁護を拒絶していた頃と同じだ。せっかく、犯人が自分から近づいてきたというのに、肝心の晃司が振り出しに戻ってしまった。

「俺が真犯人の近くにいることは間違いないんだ。それを見て見ぬ振りしてやり過ごせと言うのか？」

「お前の命には代えられない。俺がこの有様じゃ、お前を守ってやることもできやしないからな」

晃司はベッドから離れられない自分の姿を見下ろし、自嘲気味に笑う。

「誰が誰に守ってもらうって？」

晃司の台詞《せりふ》を聞き逃さず、恵吾は目を細め、低い声で詰問した。

「自分の立場をよく考えろ。俺がなんのために走り回ってると思ってるんだ。お前を無実の罪から救うためだろ」

決して声を荒らげず、晃司の目をまっすぐに見つめて、恵吾は説得する。

「それに真犯人を見つけるのは、お前のためだけじゃない。殺された阿部さんのためにも、真相を明らかにしなければならないんだ」

「阿部のため……」

晃司が独り言のように小さく呟いた後、

「だが、俺はもう誰にも命を落とさせたくないんだ。阿部のように俺のせいで……」

言葉を詰まらせ、目を伏せた。そんなはずはないのに、晃司は阿部の死を自分の責任だと考えているようだった。

もし、晃司が本当に阿部を愛していたのなら、ここまで自責の念に駆られることはなかったかもしれない。後から気付いたとはいえ、恋愛感情ではなかったのに、阿部と関係を持ったことが、そもそもの発端だと後悔しているのだろう。

「おい、顔を上げろ」

恵吾は厳しい口調で晃司に命じる。

晃司がゆっくりと顔を上げた瞬間、恵吾はその唇に口づけした。

一瞬で離れる短いキスでも、晃司を正気に戻すには充分だった。驚いた顔には、取り繕った表情はなく、またさっきまでの憂いもなかった。素の晃司が表れている。恵吾はそれを見たいがために、今度こそ、初めて自分から男相手にキスを仕掛けたのだ。

「恋愛感情なんかなくたって、キスもできるし、セックスだってできる。しかも、高校生の頃なら、好奇心や興味が勝って当然だ。そんなことを後悔したって、するだけ無駄だろ」

「先生ははっきりしてるな」

「白黒つけるのが、俺の商売だからな。当然だ」

恵吾が偉そうに答えると、晃司はおかしそうに口元を緩める。それは恵吾の嫌いな作り笑顔ではなく、自然な笑みだった。

「阿部が殺されたのはお前のせいじゃない。俺が狙われたのもお前のせいじゃない。俺自身が有能すぎたせいだ」

「有能すぎたって……、自分で言うことか？」

「だって、そうだろう？　俺が真実に近づいているからこそ、真犯人は焦って行動を起こしたんだ。どうやら、俺は民事だけじゃなくて、刑事事件でも有能らしい」

自信過剰の恵吾の台詞に、晃司は吹き出し、涙が滲むほど声を上げて笑った。冗談を言ったつもりはなかったのだが、晃司がまた心を閉ざさなくて済んだのだから、結果オーライといったところだろう。

「それで、浮気相手は見つかりそうか？」

ひとしきり笑った後、晃司が尋ねてくる。

「マンション内にいるのは間違いなさそうなんだが……」

「まだ特定できないって？」

「昨日から調べ始めたばかりだからな。裁判までには突き止めてみせる」

根拠はなくても、晃司を安心させるため、恵吾は自信たっぷりに言い放った。

「昨日からずっと何かないかと考えてたんだが、いつだったか、阿部がサイズの違うシャツを着ていたことがあったのを思い出した」

恵吾が浮気相手を探すために必死になっているのを見て、晃司も何かできないかと、役に立つ情報はないかと、思い出そうとしていたらしい。

阿部はいつも仕事帰りに晃司の部屋を訪ねていた。部屋に入ってスーツのジャケットを脱いだときに、晃司はそのことに気付いて指摘したと言う。

「浮気相手のシャツを着てたって言いたいのか？」

「今思うとだけどな。阿部は気付いてなかったらしく、妻がサイズを間違えて買ったんだろうと言っていた」

「つまり、浮気相手は、阿部よりも大柄だということか……」

自分よりサイズの小さいシャツなら、窮屈で着ていられないはずだ。だから、大きいサイズだったと考えるのは容易だ。

これでまた浮気相手の条件が一つ増えた。阿部の身長が百七十センチだから、それより大柄となると、かなり絞れそうな気がする。

「ありがとう、思い出してくれて」

捜査が進展しそうな情報が得られたことで、恵吾の口からは素直に感謝の言葉が零《こぼ》れ出る。

「礼を言われることじゃない。俺のためだからな」

「確かにそうだ。礼を言われるのは俺のほうだった」

真面目な顔で頷く恵吾を見て、晃司がまた笑い出す。

今日の晃司は本当によく笑う。だから、つい釣られて恵吾まで表情を崩してしまう。何も知らない人間が見れば、二人が殺人事件の被告と弁護人の関係だとは、到底、信じられないに違いない。それくらい、二人の間には、誰も割り込めないような親友同士のような雰囲気が漂っていた。

「俺はこれから、今の情報を基に、浮気相手を探しに行く」

「くれぐれも無茶はしないでくれ。それから、ちゃんと寝ること」

どうやら、恵吾が睡眠不足のために病院で眠りこけていたことまで、晃司の耳に入っているらしい。誰が吹き込んだのか確かめたいところだが、今はそんな暇はない。

「ああ、わかってる。これから裁判が終わるまで、俺はお前の事件に専念することにした」

「顧問をしている企業はどうするんだ？」

「他の先生方に代わってもらう。あっちは俺でなくても大丈夫だが、お前の事件は俺しか受け持てないだろ」

恵吾が迷いもなく言い切ると、一瞬だけ驚いた顔を見せた晃司だったが、すぐに柔らかい笑みを浮かべる。もう以前のように余計なお世話だと撥ねつけるような態度は微塵《みじん》もなくなっていた。

恵吾はたっぷりと寝て、クリアになった頭で考えたのだ。晃司の事件には乗りかかった船だからというのもあるが、それ以上に、他の誰にも晃司の弁護をさせたくないという、執着心のようなものが湧いていた。それでも、晃司の無実を証明するのに、恵吾より適した弁護士がいるというのなら、そのときは任せるつもりでいる。もっとも、そんな日は来ないだろう。誰よりも晃司の無実を信じている恵吾だからこそ、できる弁護がある。恵吾はそう信じていた。

6

いよいよ明日が第一回公判だ。やるだけのことはやったつもりだが、それでも落ち着かず、恵吾《けいご》は晃司《こうじ》が仮暮らしをしているホテルを訪れた。

晃司が退院したのは、裁判を二日後に控えた一昨日だ。殺人罪で起訴されていれば、保釈請求が認められることはまずないのだが、入院の必要はないものの、まだ怪我《けが》が完治していない状態では拘置所生活が体に響くからというのが大きな理由だった。高額の保釈金も、小笠原《おがさわら》グループからすればたいしたことはない。

だからといって、事件現場と同じマンションに戻るのは、周囲の目もあるし、晃司本人も辛《つら》いことを思い出すからと、裁判所近くの一流ホテルで裁判が終わるまで生活することにしたのだ。もちろん、小笠原グループ傘下のホテルだ。

「どうだ？　緊張してないか？」

恵吾の問いかけに、晃司は笑って首を横に振る。

「俺が緊張する理由なんてないだろ。裁判で俺にできることなんて何もないんだから」

決して投げやりになっているふうではないが、晃司は落ち着いた様子で淡々と答えた。

二人きりのときは、すっかりこの口調に落ち着いている。晃司も咎《とが》めないし、こうしたほうが晃司も本音を見せてくれる気がした。おかげで、依頼人と弁護人というよりも、古くからの友人同士のような雰囲気だ。

「何もなくはない。堂々と振る舞うことだ」

「裁判官の心証をよくするためにか？」

「ああ。所詮、裁判官も人だ。あからさまに媚《こ》びを売るのはマイナスになるが、何も後ろめたいことはないと堂々としていれば、本当は無実なんじゃないかと思うかもしれないだろ？」

「かもしれないだけか」

晃司が呆《あき》れたように笑う。

「僅かな可能性でも積み重なれば、大きな可能性に変わるんだよ」

恵吾は自分に言い聞かせるかのように言った。やれるだけのことはやったとはいえ、それで確実に勝利を勝ち取れるかといえば、断言はできない。どうなるかわからないのが裁判だ。

「もしかして、お前のほうが緊張しているんじゃないのか？」

事務所では誰にも指摘されなかった。いつもどおりの自分らしく振る舞えていたつもりだった。けれど、晃司には何かが違うように見えたらしい。

「そりゃ、初めての刑事裁判だからな。緊張するなっていうほうが無理だろ」

恵吾は正直に真情を吐露した。ここに足を運んだのも、落ち着かない気持ちがそうさせていたからだ。

「そうか。お前にとって、俺は初めての相手になるわけだ。一生、お前の記憶に残りそうだな」

「おかしな言い方をするんじゃない。誤解される」

「誰にだよ」

この場には二人しかいないのにと、ふっと笑って晃司は言外に匂わせる。

初めての相手……、確かにそうだ。それどころか、最初で最後の相手になるかもしれない。そう考えると、不思議な縁に恵吾は口元を緩める。

「何がおかしい？」

恵吾の笑みに目敏《めざと》く気付いた晃司が、不思議そうに問いかけてくる。

「いや、この先、ずっとお前を忘れられないかと思うとおかしくて。知り合ったのなんて、ほんの一ヶ月前なんだぞ？」

「そういえばそうだな。なんだか、ずっと昔から一緒にいるような気がしてた」

晃司がすぐに同意したことでさらに愉快になり、今度はつい小さく声を上げて笑ってしまった。

「なんだ、余裕が出てきたみたいだな」

「ああ。緊張してるのが馬鹿らしくなってきた」

基本的に恵吾は合理主義者だ。結果が伴わないのであれば、努力することさえも無駄だと思っている。そんな恵吾からすれば、緊張することは無駄でしかなかった。

「それはよかった。後は明日がお前にとって悪い記憶にならないことを祈るだけだ」

よかったと言いながら、晃司の表情は完全に晴れやかなものではなかった。裁判の前日だ。楽しい気分でいられないのは当然だが、これまで裁判の結果を気にしている様子は見せなかっただけに、恵吾は引っかかりを覚える。

「俺が負けると思ってるのか？」

「裁判は何が起きるかわからないんだろ？　俺のせいでお前の経歴に傷を付けることになるかもしれない」

「またそれか」

恵吾は呆れて大げさに溜息《ためいき》を吐《つ》いてみせた。

「また？」

「お前はいつも人のことばかり気にしている。こんな状況のときくらい、自分のことだけ考えてろ」

強い口調で発破をかけると、晃司は苦笑いを浮かべるだけだった。

何度も話し合い、阿部《あべ》が殺されたことは晃司の責任ではないと言い聞かせたつもりでいた。けれど、自分が阿部の人生を狂わせたのだという思いは、簡単には消せなかったようだ。

この先もずっと、阿部は晃司の中で消えない痛みとなって居座り続けるのだろう。それに比べて、今でこそ恵吾と晃司は旧知の仲のように話しているが、裁判が終われば、なくなってしまう関係だ。意味もなく、それが悔しいと思ってしまった。

「明日、寝過ごすなよ」

恵吾は無意味な感情を押し殺し、素っ気ない口調で別れの言葉を口にした。

「もう帰るのか？」

晃司は名残惜しそうな口ぶりで問いかけてくる。

「裁判の打ち合わせは昨日のうちに終わってるだろ。今日はただ様子を見に来ただけだからな」

「ここからなら、裁判所は目と鼻の先だ。どうせ一緒に行くんだ。泊まっていったらどうだ？」

まんざら冗談とも思えない口調で、晃司が恵吾を誘う。

恵吾の自宅はここから電車を乗り継いで一時間近くかかる。明日は朝一番から公判が始まる予定で、ここに泊まれば体への負担が少ないことは明らかだ。それでも恵吾は首を横に振った。

「お前がゲイだと知った以上、ここには泊まれない」

「俺が怖いか？」

「そうじゃない。誤解を招く行為は慎むべきだと言ってるだけだ。女性と二人きりになるのと同じ理屈だろう？」

「それならこの部屋に来ること自体、アウトだと思うけどな」

恵吾の理屈がおかしいと、晃司が笑いながら反論する。

「俺が誤解されると言ってるのは、お前にだ。ゲイだと知った上で、同じ部屋に泊まるのは何か別の思惑があるのかと、裁判前のお前に余計な勘ぐりをさせたくないからな」

「そういうことか」

納得したように言った後、晃司は苦笑いで頭を掻《か》いた。

「誤解くらいさせてくれてもいいんじゃないか？」

「……どういう意味だ？」

「いや、なんでもない」

その言葉とは正反対の表情で、晃司は寂しげに笑った。けれど、今のこの大事な時期に、その笑顔の意味を尋ねることは、恵吾にはできない。

「それじゃ、明日」

「ああ。明日の朝、迎えに来る」

そう言ったものの、それだけでは立ち去りがたく、恵吾は右手を差し出した。

「握手か？　裁判に勝った後にするもんだろ」

「だから今のうちにしておくんだ。俺たちに勝利以外はあり得ない」

自分自身に言い聞かせるように言った言葉に、晃司が小さく笑って、それから同じように右手を差し出してきた。

ついに裁判の日がやってきた。

準備万端のはずなのに、それでも不安を払拭しきれない。初めての裁判への不安なのか、それとも責任の重さなのか、恵吾はかつてないほどの緊張に見舞われていた。昨日はもう大丈夫だと思ったのに、それほど簡単なものではなかったようだ。

「さあ、行こうか」

松下《まつした》が恵吾に声をかける。今回の裁判では、弁護人として、松下もその名を連ねていた。

裁判に負けるようなことがあれば、松下の経歴にも傷を付けてしまう。だが、松下はたった一人の弁護士よりも弁護団がついていると思わせるほうが、検察側へのはったりにもなるし、裁判官たちにもより慎重な審理を促すプレッシャーになると、他にも事務所の弁護士を数名、晃司の弁護団に参加させていた。

松下は座っているだけの楽な仕事だと笑っているが、そばにいてくれるだけでも、心強さがある。

東京地方裁判所第八百二十八法廷が闘いの場所だ。恵吾が松下とともに弁護人席へ向かうと、既に検察側は席に着いていた。

傍聴席も傍聴人で埋まっている。中には雪美《ゆきみ》親子の姿もあった。一方で、晃司の家

族はここには来ていない。迷惑をかけたくないという、晃司たっての希望だった。

そして、裁判開始五分前、二人の刑務官に連れられ、晃司が現れた。晃司の顔には、迷いや焦りといったものは見られず、むしろ堂々としているようにさえ見えた。これなら大丈夫だ。恵吾は心の中でひとまず安堵《あんど》した。

やがて、裁判員たちもぞろぞろとやってきて、それに続いて裁判官たちも現れた。否でも高まる緊張感に、恵吾が思わず身震いしたとき、裁判長がおもむろに口を開いた。

「では、開廷します」

裁判開始が告げられた。まずは被告人である晃司が証言台へ促される。

証言台に立った晃司に、裁判長から名前、生年月日、本籍地などの質問が繰り出される。それに対して、晃司は落ち着いた様子で一つ一つ答えていく。裁判という特異な状況の中でも、焦ることなく堂々とした態度を取り続ける晃司を、恵吾は感心して見つめていた。

一通りの本人確認作業が終わると、次は検事の出番だ。検事が起訴状に基づき、罪状を朗読する。

「……により殺害した。罪名及び罪状、殺人、刑法百九十九条。以上について、審理を求めます」

検事はそう締めくくって着席した。

傷害致死でもなく、過失致死でもない。明らかに意志を持って阿部を殺したと、検察は判断したようだ。おそらく、晃司が罪を認めなかったことと、恵吾が正当防衛すら狙わず、無罪を主張しようとしていることが原因となっているに違いない。反省の態度が見られないのが悪質だとでも言うのだろう。

「あなたには黙秘権があります。答えたくない質問があれば、答えなくても構いません。ただし、話したことは有利不利に拘わらず、全て記録に残ります」

裁判官から黙秘権について説明がなされる。黙秘権は被告人に認められた権利だ。だから、阿部との過去の関係については、話さないということで、打ち合わせは済んでいた。

「被告人は検察官の言ったことに異議はありますか?」

「はい。私は何もしていません」

晃司は臆することなく、はっきりと言い切った。警察の取り調べのときから、一貫して容疑を否認し続けているから、検事も驚いた様子はなかった。

「この裁判で私の無実が明らかにされることを願っています」

「わかりました。では、続けましょう」

裁判官が次の段取りに進むことを促すと、検事は再び立ち上がり、分厚い資料を手に冒頭陳述を始めた。

「被告人の小笠原晃司は、被害者である阿部高広《たかひろ》さんとは高校時代の同級生であります。当時の同級生たちの証言によると……」

検事は逮捕時から警察が主張している揉《も》め事があったはずだとする根拠を述べていく。この点に関しては、恵吾はさほど気にしていなかった。二人の間に揉め事があったとするのは、状況的にあり得ると推測しているだけで、証拠など何一つないからだ。

その後、検事が並べ立てた証拠の数々は、全て恵吾が認識しているもので、目新しいものは何もなかった。これだけで充分に有罪を勝ち取れると確信して、その後の捜査など碌《ろく》にしていなかったに違いない。

検事の独壇場による冒頭陳述からの証拠品提出が終わると、ようやく恵吾の出番だ。

「弁護側からは、証人として、被害者の妻、阿部雪美さんの出廷を要請します」

恵吾ははっきりとした声で裁判官へ申し立てる。鼻につくようではやりすぎだが、自信があるように見える態度は、被告人の無実に不安がないことを裁判員たちにアピールするためだった。

あらかじめ申請してあったから、雪美は傍聴席で待機していた。法吏に付き添われ、傍聴席から証言台に雪美が移動する。

雪美もまた裁判官から促され、名前や生年月日を口にする。さっきの晃司とは違い、緊張しているのか、それとも不安なのか、か細い声は震えていた。

そして、さらに宣誓書を読み上げるように指示された。

「良心に従って真実を述べ、何事も隠さず、偽りを述べないことを誓います」

雪美はつっかえながらも、どうにか宣誓をした。

証言台での発言は全て証拠となり、嘘《うそ》を吐けば偽証罪に問われてしまう。今、雪美はどんな思いで証言台に立っているのだろう。弁護側から証人申請されたことに、不安でいっぱいに違いない。

「事件当日のことについてお伺いします。あの日はお友達と出かけていたそうですが、それはいつ決まったことでしょうか?」

「その前の週だったと……」

恵吾の質問の意図を気にしながらも、雪美は質問に答える。

「誘ったのはどちらですか?」

「私です」

「そのことを第三者に話したりはしませんでしたか？」

「覚えていません。でも、多分、誰にも話していないと思います」

雪美は記憶を辿《たど》るように、伏し目がちになり、答えを返してくる。

「事件当日は日曜日でした。激務で連日残業続きのご主人も、日曜だけは休んでいたそうですが、当然、あなたもご存じでしたよね？」

「え、ええ」

「それでも、わざわざ日曜日に出かけられたわけですか……」

「裁判長」

恵吾の質問を遮るように、検事が声を上げた。

「弁護人は悪意を持って証人を尋問しています」

異議の申し立てが入ることも、あらかじめ想定済みだ。恵吾は落ち着いた態度で裁判官に向き直る。

「これは非常に大事な質問です。事件当日、証人が留守をして、被害者が自宅に残っていることを知る人間が他にいなかったのか。それを確かめるために質問をしています」

「異議を却下します」

恵吾の説明に納得した裁判官が、証人尋問の続行を許可した。恵吾は裁判官に対して小さく頭を下げてから、尋問を再開する。

「先ほど、会おうと誘ったのはあなたということでしたが、日時を指定されたのはどちらですか？」

「……覚えていません」

さっきまでは戸惑いを見せながらも、はっきりと答えていたのに、急に雪美の歯切れが悪くなる。おそらく、最初の宣誓のせいで、嘘を吐くことができない心理状態になっているのだろう。だから、覚えていないことで逃げようとしているのだ。

「そうですか。こちらでご友人に確認したところ、日曜日を指定したのはあなただったとはっきり仰《おつしや》いました。平日は夫婦で過ごす時間もあまりない生活だったというのに、せめて休みの日くらいは一緒に過ごそうとは思われなかったのですか？」

「それは……、主人がその日は来客があるからと……」

覚えていないと言ってから、まだ一分も経《た》っていないというのに、雪美はさっきの発言を忘れたように言い訳を口にし始めた。その場凌《しの》ぎの出任せは、のちのち自分の首を絞めることになるのだが、そんな簡単なことにも気付く余裕は雪美にはなさそうだった。

「一週間前にそう聞かされていたから、気を遣って自宅にいないようにしたと？」

「そうです」

雪美が勢い込んで同意した。早く答えれば、その言い訳が本当になるとでも思っているかのような必死さが見えた。

「それはおかしいですね。被告人は事件前日に被害者から電話で、明日は妻がいないから自宅で会おうと言われたそうなんですが」

「そんなの、あの人が嘘を吐いてるんです。人殺しの言うことなんか、信じるんですか？」

雪美はヒステリックな口調で喚《わめ》きたて、キッと晃司を睨《にら》み付ける。終始、落ち着いて受け答えしていた晃司とは対照的な態度だ。本職の裁判官はともかくとして、素人の裁判員たちにはマイナスの印象を与えてしまうだろう。

「質問を変えます」

冷静になる隙を与えず、雪美を動揺させたままで、恵吾はまた別の質問を繰り出す。

「ここに宅配ピザ店の注文履歴があります」

恵吾が一枚の用紙を持ち上げ、裁判官に向かって示した。恵吾はそれを証拠として提出してから、

「阿部さん宅からの注文です。先月の約一ヶ月の間、三回、注文されています。オーダー内容を見てみると、とても一人で食べられる量ではありませんが、三度とも、平日の昼間、被害者が出勤して不在のときです。いったい、どなたと召し上がったんでしょうか？」

「そ、そんなこと、いちいち覚えていません」

雪美は目に見えて余裕をなくしていき、不自然に口ごもる。

宅配日時は店側がデータ管理しているから、日付を誤魔化すことはできない。それなら、さっきと同じく覚えていないと逃げるしかないのだろうが、その態度は雪美への信頼を失わせることにしかならなかった。

「裁判長、弁護人はいたずらに証人のプライバシーを侵害しています」

検事が再び、異議を唱えた。おそらく、今のこの証言が、晃司への疑惑を薄めさせ、代わりに雪美へ疑いを抱かせることになると気付いたからだろう。検察側からすれば、裁判にまでなっているのに、今更、犯人が別にいては困るのだ。だから、雪美の証言を遮りたかった。

「これは被告人が犯人だとされた根拠の一つを覆すために、必要な質問です」

「どういう意味ですか？」

裁判長は興味を持ったふうに尋ねてくる。

「マンションのエントランスに常駐しているコンシェルジュたちから聞いた話によると、阿部さん宅への来客は、デリバリー業者を除けば、一度しかなかったとのことでした。では、一緒にピザを食べた客はどこから来たのか？」

恵吾は雪美の反応を探るため、わざとここで一度、言葉を途切れさせる。そして、チラリと傍聴席に目を遣《や》ってから、

「事件当日、マンションに不審な人間の出入りはなかったと確認されています。そのために、エントランスを通らずに部屋を訪問できる被告人が犯人だと疑われました。ですが、雪美さんと一緒にピザを食べた相手も被告人と同じ条件になります」

他に犯人がいると、雪美と親しい人間が犯人だと匂わせる恵吾の発言に、傍聴席がざわめき出す。

「静粛に」

裁判長は注意を促した後、検事の異議を却下した。

「質問を続けてください」

裁判長の許可を得て、恵吾は改めて雪美に向き直る。

「一緒にピザを食べたのは誰なんですか？」

強い口調で問いかけながらも、雪美が答えないだろうことは予測していた。それはつまり浮気相手を白状することになる。何がなんでも隠し通したいはずだ。けれど、恵吾は追及の手を緩めなかった。

「ご本人がお忘れのようなので、ここでもう一人、証人を申請します」

恵吾は裁判長に向かって言ってから、傍聴席に視線を向けた。あらかじめ申請してある証人は傍聴席で待機させられている。その証人もまた、強《こわ》ばった顔で座っていた。

「同じマンションの住人、長谷部《はせべ》典明《のりあき》さんです」

恵吾は雪美の顔を見つめながら言った。雪美はやはりというふうに沈痛な表情を浮かべ、唇を噛《か》み締めている。

二人が繋《つな》がっているのなら、証人としての呼び出しを受けたときに、連絡し合っていてもおかしくない。むしろ、どう逃げ切るかの相談をするはずだ。けれど、雪美の態度を見ていると、何故《なぜ》、ここに長谷部がいるのかわからない、そんなふうな動揺が見えた。

雪美が傍聴席に戻り、入れ替わりに長谷部が証言台へと移動する。そして、雪美のときと同じように、宣誓をした。だが、いきなり呼び出されたわけではなく、心構えをする時間はあったのと、直前の雪美とのやりとりを見ていたせいか、長谷部にはまだ少しの余裕が感じられる。

「あなたは阿部雪美さんをご存じですね？」

まず恵吾は単純な確認のための質問を繰り出した。

「はい。同じマンションですから」

「同じジムにも通ってらっしゃいますよね？」

「そうでしたか。気付きませんでした」

恵吾の揺さぶりにも、長谷部は動じない。誰にも二人でいるところを目撃されていなければ、関係がばれるはずがないと確信しているのだろう。

恵吾が長谷部に行き着いたのは、晃司から得た情報によるところが大きかった。最初に白井《しらい》が分類してくれていた浮気相手になりそうなマンション住人の中から、大柄な男を選び出すと、一気に候補は一桁に減った。さらに、その住人の中に、雪美との接点を探すと、一人だけスポーツジムが同じ男がいた。それが長谷部だ。

だが、わかったのはジムが同じというだけで、肝心の二人が会話をしているところは、誰も見ていなかった。それでも、他の誰にも見つけられなかった接点がある長谷部を、恵吾は諦めずに調査し尽くした。裁判までの残る日数のほとんどをそれに費やしたと言っていい。まさに今、その成果をぶつけるときだった。

「それでは、阿部さんの部屋を訪ねたことはありませんか?」

「ありません」

長谷部はきっぱりと答えた。

ここまでは恵吾の予想どおりだ。何も証拠が残っていないのだから、仮に殺人に関係していなくても、浮気を認めたりはしないだろう。長谷部も妻帯者で、雪美との不倫を妻に知られるわけにはいかないのだ。

「ところで、話は変わりますが、長谷部さんは随分と足が大きいようですね。靴のサイズはおいくつですか?」

恵吾は視線を長谷部の足下に落とし問いかける。

「二十九センチですが……」

唐突な恵吾の質問に、長谷部は明らかに戸惑いながらも、隠す必要もないからか、正直に答えた。

「それだけ大きいと、日本ではなかなかサイズがないでしょう?」

「ええ、まあ。だから、今履いているこれもイタリア製です」

「道理であまり見かけないデザインだと思いました」

恵吾はそこまで長谷部とやりとりをしてから、裁判官に向き直る。

「先ほどの証人、阿部雪美さんにピザを宅配した店員によりますと、玄関にはかなり大きなサイズの男性用の靴が置いてあったそうです。見たことのない珍しいデザインの靴だったので、よく覚えていると言っていました」

傍聴席が微《かす》かにざわつき始めたのを聞きながら、恵吾はさらに続ける。

「被害者の阿部さんは足のサイズが二十五センチで、男性としては小さいほうです。二十九センチの靴と見間違えるはずがありません」

恵吾はまっすぐに長谷部を見つめた。どんな嘘も見過ごさない。そんな強い意志で見つめる中、長谷部は瞳を揺らし、下を向く。明らかに動揺している証拠だ。

「もう一度、お聞きします。阿部さんの部屋を訪ねたことは？」

「……すみません」

もう隠せないと悟ったのか、長谷部が詫《わ》びながら頭を下げた。

「何度か、訪ねたことがあります」

「どうして、嘘を吐いたんですか？」

「彼女に悪い噂《うわさ》が立ってはいけないと……。仲のいい友人なだけなんです」

長谷部がもっともらしい言い訳を神妙な口調で語り出す。咄嗟《とっさ》に考えたにしては上《う》手《ま》い言い訳だ。もしかしたら、ここまでは念のために用意していたやりとりなのかもしれないと思わせる。

「男女の関係はないと？」

「ありません」

今度こそ、本当だとでも言いたげに、長谷部が訴えてくる。密室の中での男女の秘め事など、当人たちが漏らさなければ誰にも知りようがないことだ。もっとも、恵吾もそこまで自分の力で明らかにしてやろうとは思っていなかった。

「裁判長、お聞きのとおり、マンションの住人なら、誰にも見られることなく、被害者の部屋を訪ねることができるとわかりました」

恵吾は裁判官や裁判員たちを見ながら、予断なく事実を見てほしいと訴えかけた。そして、再度、長谷部への質問を開始した。

「ちなみに、長谷部さんは犯行時刻、どちらにいらっしゃいましたか？」

「自宅にいました」

きっとそう答えるであろう答えを長谷部が口にする。

長谷部への尋問を始めるまでは、阿部殺害の犯人かどうかは、半信半疑だった。ただの浮気相手なだけという可能性のほうが高いくらいだった。だから、この質問をするつもりはなかった。もし、アリバイがあったなら、せっかく晃司以外に犯人がいるかもしれないと思わせられたのに、それが無駄になるからだ。

初めは真犯人を見つけ出すことで、晃司の無実を証明しようとしていた。けれど、その必要がないことに、浮気相手を探す途中で気付いた。

晃司を犯人だとする根拠は、全て状況証拠だ。凶器に指紋があるとはいえ、第三者により、偽装された可能性が考えられる以上、絶対的証拠とはいえない。だとすれば、それらの根拠を全て潰してしまえばいいのだ。

長谷部には晃司以上に疑わしい状況証拠が揃《そろ》っている。それらを見せつければ、裁判員たちは晃司よりも長谷部に疑惑を抱く。その長谷部は取り調べはもとより事情聴取さえ受けていない。誰でも感じる不公平感が、裁判員たちに晃司への有罪判決を躊躇《ため》わせるはずだ。

裁判員は素人。だからこそ、被害者の心情に同調しやすいこともあるが、同時に、明らかな証拠のない被告人に刑を下すことを恐れる傾向もある。恵吾はそれを狙った。しかも、現実に晃司や雪美、それに長谷部の裁判での態度を見てみると、圧倒的に晃司に肩入れしたくなるだろう。何しろ、雪美と長谷部は最初から嘘を吐いていたのだ。それに対して、晃司は一貫して無実を主張していた。その態度も揺るぎなく、堂々としている。

「そうですか。それを証明してくれる方は？」

「残念ながら、一人でした」

「アリバイはないというわけですね」

これまでなら、ここで検事から異議が申し立てられるところなのだが、その気配がない。どうやら、検事もまた突如、現れた長谷部に対して、疑惑を抱き、真相を知りたいと思っているのだろう。だから、恵吾の好きにさせてくれている。そんな気がした。

「長谷部さんは現在、奥様から離婚を切り出されているそうですが……」

「そんなこと、今は関係ないでしょう」

恵吾の言葉を、長谷部が強い口調で遮る。よほど、明らかにされては困る問題らしい。恵吾が傍聴席の雪美をチラリと盗み見ると、驚いた顔をしている。

現在、三十五歳の長谷部は、三つ年上の妻との二人暮らしだ。子供はいない。妻は父親の跡を継ぎ、都内で産婦人科医院を開業している。セレブの妊婦ばかりを対象にしていて、かなり繁盛しているらしい。一方で長谷部はマンションの住民名簿によると、小説家ということだったが、ペンネームを教えられても、恵吾は耳にしたことすらない名前だった。なんでも十年以上も前に、小さな賞を取っただけで、それ以降は全く作品を発表していないとのことだ。生活費の全ては医者の妻に頼り切りの生活だったらしい。

自分に稼ぎがあるから、長谷部の妻は夫のヒモ状態を許していたようだが、自分が働いている間に浮気をされたのでは、話は変わってくる。長谷部が浮気をしたのは、雪美が初めてではなかった。それを突き止めた恵吾は、必ず雪美とも関係を持ったと確信していた。

「関係があると思うから、お聞きしているんです」

恵吾は検事から異議を申し立てられる前に、次の質問を続けた。

「奥様から、あなたのたび重なる浮気に嫌気がさしたからだと教えていただきました。妻の稼いだ金で浮気三昧の夫はもういらないとも仰っていましたよ。慰謝料を請求しない代わりに、財産分与はなしと、離婚条件を突きつけられているそうですね？」

「……浮気は彼女の誤解です」

さっきまでの勢いはどこに行ったのか、消え入りそうな声で、長谷部が弁解する。

「阿部雪美さん以外の方との浮気については、ちゃんと証拠をお持ちでしたよ？　奥様の担当弁護士からもそう聞かされているはずですが……」

言い訳を重ねれば重ねるほど、長谷部の印象は悪くなっていく。真実を話すと宣誓したその場所で、嘘を吐いていることに、長谷部は気付いていないのだろうか。

雪美と長谷部の浮気の証拠は何もない。けれど、この場にいるほとんどの人間が、おそらく二人は男女の関係にあったはずだと思ったに違いない。

「裁判長、ここで、もう一度、阿部雪美さんから話を聞きたいのですが、よろしいでしょうか？」

恵吾の申し出を受け、裁判長が両隣の裁判官と小声で相談している。

先ほどの尋問では、雪美は沈黙を守っていたが、長谷部が自宅を訪ねたことを認めたのだ。それを受けて、また新たな質問ができる。恵吾の目的は裁判長にも伝わった。

「わかりました。阿部雪美さんを証言台へ」

裁判長の指示により、長谷部が傍聴席へ戻り、代わりに雪美が連れられてくる。

雪美からすれば、長谷部の話は知らないことばかりだったに違いない。長谷部が自ら離婚寸前であることや、浮気癖のあることなどを話すはずがないし、引っ越してきたばかりで、近所付き合いもしていなかったのだから、知りようがなかった。そのせいか、証言台に立った雪美の顔からは血の気が失《う》せていた。

「先ほどはお答えいただけなかった質問を繰り返します。宅配ピザを一緒に召し上がったのは長谷部さんですね？」

「はい。でも、ただのお友達です」

焦る気持ちが、まだ尋ねていないことまで雪美に答えさせる。到底、信用できない台詞《せりふ》は、雪美が必死になればなるほど、空々しさが増していた。

「お友達だとしても、ご主人の留守の間に、男性を自宅に連れ込むのは、いかがなものでしょう？　ご主人に申し訳ないとは思いませんでしたか？」

恵吾はあえて品のない言葉で雪美を挑発した。動揺している今なら、ちょっとした挑発にも乗りやすくなる。

「そんなの私だけじゃない。主人だって……」

勢いに任せて口走った雪美は、ハッと気付いたように口に手を当て、言葉を途切れさせる。だが、恵吾は聞き逃さなかった。

「あなたはご主人の浮気を疑っていたわけですね？」

「だって、浮気以外、考えられないじゃない。毎日、帰りが遅いし、休日出勤だとかいって、家に居着かないのよ。おまけにこそこそと携帯を見てたら、誰だって、浮気してると思うでしょう？」

「だから、あなたも浮気したわけですか」

恵吾は呆れたように言ってから、手元の資料を一枚、顔の高さに掲げた。

「ここに被害者の携帯電話の履歴があります。通話履歴にある番号を全て調べましたが、女性のものはありませんでした」

「そんな……」

信じられないと雪美が項垂《うなだ》れる。そんな雪美に、恵吾はさらに追い打ちをかけた。

「疑われている帰宅時間の遅さですが、勤務する永富《ながとみ》建設に確認してみたところ、ほぼ連日、遅くまで残業されていました」

「ほぼでしょう？　してない日だってあるじゃない」

雪美が必死な様子で訴えてくる。どうしても、阿部には浮気していてもらわないと困る。そんなふうに感じられた。

「東京に引っ越してこられてから、その仕事以外で遅くなったときは、ここにいる被告人の小笠原さんと会っていたようです」

雪美と長谷部の場合と同じで、晃司たちもマンション内を移動するだけだから、人目に触れることがなかった。それが雪美に阿部も浮気していると思わせたのだから皮肉なものだ。もっとも、阿部も気持ちの上では、晃司を愛していたのだから、まんざら、間違いとは言えない。

「今回の事件で、被告人が疑われた理由の一つが動機でした。ですが、高校時代の関係というあやふやなものよりも、もっと強い動機が出てきたのではないかと、私は思います」

はっきりと言葉にはせず、恵吾は雪美たちのほうが怪しいだろうと、この場にいる全員に訴えかけた。

だが、恵吾にできるのはここまでだった。雪美と長谷部が男女の関係にあったとしても、それが殺人と結びつくかどうかはわからない。だから、晃司よりも疑わしい人間がいるのだと、裁判官や裁判員たちにわかってもらえれば、目的は果たせたことになる。

「私は何もしてないから。浮気の証拠を掴《つか》んでほしいって言っただけなんだから」

恵吾が質問を終えようとした気配を察したのだろう。このままでは自分が疑われると思った雪美が、尋ねもしないことを口走った。

「長谷部さんに頼んだんですね？」

恵吾は努めて冷静に問いかける。心の中ではガッツポーズを取りたいくらいに待ち望んだ展開だ。けれど、喜びを面に出せば、雪美が再び、口を閉ざしてしまうだろう。だから、既に知っていることを確認するかのような態度で、先を促した。

「そうよ。私が留守をするといえば、自宅に浮気相手を引っ張り込むと思ったのよ。

だから、合鍵を渡して、証拠写真を撮ってもらうつもりだったの」

自分への疑惑を晴らすために、これまで黙っていた事実を暴露していく雪美に、傍聴席がざわめき出す。そのざわめきは長谷部を中心にして広がっていた。

雪美の証言が何を示しているのか。それがわからない人間はこの場には一人もいないだろう。当の長谷部は顔面蒼白《そうはく》で、身動きすらできなくなっている。自分が追い込まれているのをひしひしと感じているに違いない。

「静粛に」

裁判官が傍聴席に向かって注意をした。それでもざわめきはなかなか収まらなかったが、やがて沈黙が訪れたのを機に、恵吾は質問を続けた。

「事件当日、何も知らずに外出先から帰ってきたあなたは、自宅に戻る前に長谷部さんから鍵を返してもらう手はずになっていたわけですね？」

恵吾は事件とは無関係だと思わせるような問いかけ方をして、雪美からより多くの証言を得ようとした。今の雪美なら、自分が嫌疑から逃れるためならなんでも話すだろう。

雪美はアリバイ作りをしたわけではなかった。ただ自分が意図的に留守にすることで、阿部の浮気の証拠を掴もうとしただけだったのだ。

「そうです」

「では、そのとき、長谷部さんはなんと仰っていましたか？」

「結局、使わなかったって……」

「それを信じたから、あなたは警察にこの話をしなかったんですね？」

「だって、そんなまさか長谷部さんが……」

雪美が自宅で夫の死体を発見しても、長谷部の犯行とは結びつけなかった。殺す動機などないはずだったからだ。けれど、長谷部の供述を聞き、長谷部に殺害の動機があるのだと知った。長谷部に疑いを抱けば、それまで見過ごしていた行動にも疑惑が出てくる。今、雪美の心の中には、長谷部への山ほどの疑念が押し寄せているのだろう。

「犯行当日、犯行現場である被害者の部屋の鍵を持っていた男がいた。その男は資産家の妻から離婚を言い渡されており、新たな寄生先を探していた。邪魔な夫を殺そうと考えても不思議はないでしょう」

「裁判長」

ここまで黙っていた検事が、ようやく声を上げた。

「弁護人は推測だけで話しています」

「異議を認めます。弁護人は発言に気をつけるように」

検事と裁判長のやりとりを、恵吾はかしこまった態度で聞き入れる。言葉にしたことで裁判員たちへは充分に印象づけられたはずだ。そして、傍聴している刑事たちにもだ。傍聴席に見慣れた刑事の顔があったことは、最初にわかっていた。

ここまで言えば、警察も長谷部を調べないわけにはいかないだろう。刺したから刺し返したのだとするよりも、隠れていた長谷部が二人を刺したと考える方が、よほど理に適《かな》っている。

「質問は以上です」

恵吾は充分な手応えを持って締めくくった。

その後は検察側による反対尋問になるのだが、この展開を予想していなかったせいだろう、検事は質問なしで終わらせた。

「それでは、次回の公判日程ですが、追って双方に知らせることとします」

本来なら次回公判の日程は決まっているはずだった。だが、晃司への容疑そのものが怪しくなった以上は、予定どおりに進められないと裁判官たちは考えたのだろう。閉廷した途端、傍聴席にいる長谷部が、早速、刑事たちに取り囲まれている。捜査に素人の恵吾がここまでしたのだ。後は警察に頑張ってもらうしかない。

「もう少しの我慢だからな」

刑務官に連れて行かれそうになっている晃司に、恵吾は励ますための声をかけた。周囲にはまだ人の目があるからか、晃司は黙って深く頷《うなず》いた。けれど、物言わぬ晃司の表情が雄弁に物語っていた。そこには不安は微塵《みじん》も感じられず、恵吾への信頼が溢《あふ》れていた。

7

「被告人は無罪」

その言葉が法廷に響き渡ると、傍聴席の一角からは歓喜の声が上がり、弁護人席では安堵《あんど》の息が漏れた。

警察が長谷部《はせべ》を逮捕したのは、第一回公判から二日後のことで、それを受けて、第二回公判が急いで開かれることになった。何しろ、もう一人、犯人が出てきてしまったのでは、いつまでも晃司《こうじ》を無実の罪で拘束しているわけにはいかない。裁判が始まってしまった以上は、何も行わずに釈放もできない。それで、本来なら判決が下されるはずのない第二回公判で、判決を下すことになったのだ。

「お疲れ様でした」

無事に自由の身となった晃司に、松下《まつした》が労《ねぎら》いの声をかける。

「先生方のおかげです。ありがとうございました」

晃司は晴れやかな笑みを浮かべ、松下とその後ろにいる恵吾《けいご》に頭を下げた。

「今日はこのままご実家に帰られますか？」

「そうしろと言われてますからね」

松下の問いかけに、晃司が照れ笑いで答える。三十を過ぎているのに、親が出張ってくることが気恥ずかしいようだ。

晃司の両親だけでなく、家族の誰も裁判には一度も足を運んでいない。それは決して心配していないからではなく、小笠原《おがさわら》グループの体面を慮《おもんぱか》り、騒ぎを大きくしないための対策だった。だからこそ、無実になった今、一刻も早く晃司に会いたいと、松下に頼んでいたのだ。

「藤野《ふじの》弁護士」

不意に呼びかけられ、恵吾がその声に顔を向けると、担当検事が苦笑いを浮かべて近づいてきていた。

「まさか、刑事裁判が初めての弁護士に負けるとは思わなかったよ」

検事歴三十年近いベテランだけに、今回の結果が不本意なのだろう。困惑したような苦笑いがそれを物語っていた。

「私は最初から依頼人の無実を信じていただけですよ。だから、警察や検察側に見えなかった真実が見えたんです」

自分を見つめる晃司の視線を意識しながらも、恵吾は勝因を語った。晃司の裁判だったから勝てただけで、おそらく別の刑事事件なら、こんなに上手《うま》くいったかどうか、自信がない。

「なるほど。信頼関係ってことか。弁護士にとっては何より大事なことだ」

検事はわかったように頷《うなず》くと、

「できれば、これで刑事事件に目覚めるなんてことはなく、自分のテリトリーから出てこないでもらえると助かるな」

「私もそうありたいと思っていますよ」

正直な気持ちだった。達成感や満足感はもちろんあるが、やはり自分が本領発揮できるのは、対企業の民事の分野だ。実感の籠もった恵吾の台詞《せりふ》に、検事はニヤリと笑ってから去っていった。

「さてと、手続きを済ませて、とっとと帰るとしようか」

松下に促され、恵吾と晃司も法廷を後にする。松下が晃司と並んで歩き、恵吾は一歩、その後ろにいる。

晃司には家族から迎えが来ることになっていて、恵吾が一緒にいるのはここを出るまでだ。裁判所を出てしまえば、接点はなくなる。だから、今のうちに何か話しておきたいと思うのに、松下がいるから何も言えなくなる。

結局、碌《ろく》に口を開くこともないまま、晃司は迎えに来た両親とともに帰って行った。

恵吾はそれを愛想笑いを浮かべて見送るしかできなかった。

「私たちも事務所に戻ろうか。白井《しらい》くんが詳細を聞かせてほしいと言っていたよ」

恵吾は自分も裁判に行きたいと言っていた白井の顔を思い浮かべる。何かと手伝ってもらっていたから、結果だけでなく、経緯も気になるのだろう。

「しかし、まさか、犯人が晃司くんを知っていたとはな」

「ええ。私も驚きました」

恵吾が正直に感想を伝える。長谷部が自供したことは、今日の公判が始まる前に教えられた。ほとんどが恵吾の推測したとおりだったのだが、一部で松下だけでなく恵吾を驚かす内容があった。

長谷部と雪美《ゆきみ》が親しくなったのは、共に通っていたスポーツジムがきっかけだった。もっとも初めてジムで見かけたときには、どちらも同じマンションの住人だとは気付いていなかった。その後、マンション内のエレベーターで偶然、乗り合わせ、見覚えのある顔だと長谷部から話しかけたらしい。生活スタイルが似ていたのか、それから何度か顔を合わせていくうちに親しくなっていった。

恵吾の予想どおり、長谷部は妻に離婚された後は雪美の世話になろうと考えていた。

そのためには阿部《あべ》が邪魔だったのだ。阿部が浮気をしていれば、それが原因で離婚になるかもしれない。だから、相手を確かめてほしいという雪美の頼みを引き受けたのだと言う。

事件当日、阿部の部屋に侵入する機会を窺《うかが》っていると、阿部が近所に出かけるかのようなラフな姿で出てきた。浮気相手を出迎えに行くのだと思い込み、その隙に阿部の部屋に入り込んだ。何度も訪ねた部屋だから、隠れられる場所も見つけていたし、見つからずに抜け出す方法も考えていた。浮気の現場さえ押さえたら、すぐに退散する予定だったのだ。

だが、予想に反して、戻ってきた阿部が連れていたのは、女性ではなく男で、しかも長谷部もよく知る、同じマンションの住人である晃司だった。相手が男なら浮気現場を押さえられない。それだけでなく、浮気相手と仲良く行為に励んでくれないと、その隙に抜け出そうという計画も実行できなくなる。

「失礼ながら、晃司くんが名の知れたライターだとは知らなかったよ」

「記事を書いたのが誰かなんて、普通は確かめたりしないでしょう。気になるのは同業者くらいじゃないですか」

だから、長谷部は晃司のことを知っていたのだろう。長谷部は作家で晃司はフリーライター、共に文章を書く生業でありながら、晃司は恵まれた環境で生まれ育ち、おまけに仕事も順調だ。同じマンションに住んでいることを知ったのは、担当の編集者に教えられたからなのだが、そのときに晃司の記事を小説の参考にするといいと言われ、妬《ねた》み始めたらしい。

「だからって、殺人犯にしようなんて、咄嗟《とっさ》に考えるものか？」

「無駄な才能の使い方というんでしょうか。ミステリー作家だったらしいですからね。トリックを考えるのは得意分野ですし」

そして、長谷部はそれを実行した。浮気相手が現れず、雪美と阿部が離婚する理由がなくなる。雪美を狙っている長谷部は、阿部さえいなくなればいいのだと、阿部の殺害を思いついた。自分が犯人だとばれては意味がないから、誰か別の人間を犯人に仕立て上げる必要がある。そこに都合よく、一方的に妬みから恨みさえ抱いていた晃司がいたというわけだ。晃司はリビングに通されてすぐに刺されたと言っていたから、それほど長い時間をかけて考えた計画ではない。だからこそ、こうしてボロが出てきてしまった。

「忙しくて構ってくれない夫より、暇を持て余した売れない作家と浮気した結果、全てを失うことになってしまったのか」

松下が今日は姿を見せなかった雪美に対して、幾分、同情の籠もった言葉を投げかける。

「彼女はあくまで浮気だったはずです。本気で阿部さんのことを好きだから、振り向いてくれないことが悔しかったんでしょう」

「そこを犯人につけ込まれたんだな」

「そうだと思います」

恵吾もまた雪美には同情を禁じ得なかった。最初こそ我が侭《まま》なお嬢さんという印象を持っていたが、調べていくうちに違う一面が見えてきた。自分の感情のままに振る舞っているだけかと思えば、プライドの高さ故に素直になれず、夫に対してでさえ、本心をぶつけることができない弱さも持っている。

今回の事件では阿部を殺した長谷部以外、誰が悪いと責めることはできなかった。ほんの少し巡り合わせが悪かっただけで、誰かが一歩踏み出して、本音を打ち明けていれば、起きなかった事件だ。

「君をひき逃げしようとしたのも、あの男の仕業だったんだろう?」

「ええ。担当刑事から連絡をもらいました。一応、私が被害者ですから」

恵吾は苦笑しながら答えた。掠《かす》り傷すらなかったから、すっかり忘れていたのだが、長谷部はたった一人でも事件の真相を探ろうとする恵吾に脅威を感じていたらしい。それで、既に一人殺していることから歯止めが利かなくなり、車で恵吾を襲ったというわけだった。

「結局のところ、被害者は浮気をしていたのか？」

「そんな事実はありません。ただ別れたがってはいたようです」

「それは晃司くんから聞いた話だな？」

確認を求められ、恵吾は頷いて認める。

「妻に内緒で会っていたのは、離婚の相談をしていたからのようです」

あながち間違った話ではない。実際、阿部は離婚を考えていると晃司には言っていたらしい。晃司はそれを止めていたのだと言う。

「浮気をしていないのなら、どうして離婚を？」

「強引に押し切られて結婚したものの、何かが違うとずっと違和感を感じていたそうなんです」

これも嘘《うそ》ではない。阿部は結婚すれば、過去を忘れ、普通の男として生きていけると思っていた。けれど、性癖を変えることはできなかった。新婚当時はどうにか自分を奮い立たせ、雪美とのセックスをこなしていたものの、そんな無理は長くは続かなかったらしい。既にその頃から、夫婦生活は破綻していた。そんな話を聞かされていたから、晃司は今回の事件に責任を感じて、罪を被《かぶ》ろうとしたのだ。

「なんともやりきれない話だな」

「そうですね」

「だが、それも今日で終わったんだ。気持ちを切り替えよう」

沈みがちになる事件の顛末《てんまつ》だが、もう忘れろとばかりに松下が軽く恵吾の肩をぽんと叩《たた》いた。

「今回、無実を勝ち取ったことで、小笠原グループとうちの事務所との結びつきはより強くなった。君の将来も安泰だ」

「まだまだですよ。刑事事件に一つ勝訴しただけで、私の本来の仕事ぶりは見てもらっていませんから」

恵吾は気持ちを引き締める意味でも謙虚に答えた。松下からは既に小笠原グループ傘下の会社を一つ、任せると言われているが、そこで本領を発揮して認められなければ意味がない。

「頼もしい限りだ。それじゃ、急いで事務所に戻って、滞っていた仕事を片付けるとするかな」

「そうします」

恵吾が同意したこの瞬間、短くて濃かった初めての刑事裁判が、ようやく終わりを迎えた。


「藤野先生、よろしいですか？」

ドアの外から呼びかけられた声に、恵吾がどうぞと応じると、白井が綺麗《きれい》な紙で包装された箱を手にして入ってくる。

「先生宛てにお荷物が届きました。小笠原晃司さんからです」

「小笠原さんって、数時間前に別れたばかりだけどな」

「お礼の品のようですね」

そう言いながら白井が差し出してきた箱を恵吾は受け取る。包装紙には誰もが名前を知っているような銀座にある一流和菓子店の名前が記されている。

「何もこんな急いで送ってこなくても……」

「それだけ感謝してるってことですよ。ここの豆大福、最近、テレビで取り上げられてから、いつも昼前には完売するって言ってたのに、さすが、小笠原グループですね。

お店の方が届けてくれたんです」

　感心したような白井の口調に釣られて、よくよく見てみると、確かに豆大福だと商品説明がされている。

「それじゃ、せっかくだから、みんなでいただこう。白井さんたちだけなら足りるよね？　配ってもらっていいかな？」

「それは構いませんけど、開封するのは先生がなさったほうがいいんじゃないですか？」

「ああ、そうだね」

　恵吾も納得して、その場で包みを開封した。化粧箱の上に白い封筒が置かれていて、そこに『藤野恵吾様』と記されていた。

「お礼状まで同封されてるなんて、本当に先生に感謝されてるんですね」

　白井は感心した口調になっている。小笠原グループの御曹司なのに義理堅いとでも思っているのだろう。

「こっちは頼んでいいかな？」

　恵吾は封筒だけを手に取り、化粧箱を白井に差し戻す。

「後でお茶と一緒にお持ちしますね」

白井は恭しく箱を受け取り、部屋を出て行った。

一人になり、恵吾はすぐに封筒から中身を取り出す。「連絡を乞う」とだけ書かれた便せんに、携帯番号の入った晃司の名刺がクリップで留められていた。とてもお礼状と呼べるものではない。

晃司には個人的な連絡先は何一つ教えていなかった。入院していたとはいえ、勾留中の晃司が自ら電話をかけることはできない。連絡を取るのは、検事を通してからになる。もっとも、晃司は自分から一度も連絡をしてきたことはなかった。その前に恵吾が訪ねていたからだ。病院にいた間も、ホテルに移ってからも、恵吾はほぼ毎日、通い続けた。そうしておかないと、また投げやりになってしまうかもしれないと、心配だったのだ。

そういう事情で、晃司が恵吾に連絡を取ろうとするなら、事務所宛てにコンタクトを取るしかないというわけだった。

「だからって、これはないだろ。自分から電話してこいっていうんだ」

古めかしいやり方に、恵吾は呆《あき》れて独り言を呟《つぶや》く。

さてどうするか。手の平の中で便せんを弄ぶ。

恵吾も決して暇ではない。晃司の事件の弁護を引き受けたために、途中から通常の業務は他の弁護士に頼むことになってしまったのだ。弁護に専念させるためという松下の計らいだったし、顧問を務める各会社からも支障が出たという話は聞いていない。それでも、本来の仕事をこなせなかったことへの責任は感じていた。今からそれを取り戻すつもりだった。

だから、晃司に電話をかけている時間などないのだ。そう思うのに、なかなか便せんを手放せなかった。

「藤野先生、お茶をお持ちしました」

白井が先ほどの豆大福とともに日本茶を届けにくる。

「ああ、ありがとう」

「それと、松下先生から伝言です。今日くらいは早く帰りなさいとのことですよ」

「初めて言われたな。そんなこと」

恵吾がこの事務所に入ってからというもの、定時で帰ったことなど数えるほどしかなかった。各自の裁量に任せるシステムだから、恵吾はいつも自分で納得がいくまで仕事をしていたのだ。

「今日までの分を取り戻そうとするはずだからって仰《おつしや》ってました」

「参ったな。完全に読まれてる」

「弁護を藤野先生に任せたのは松下先生ですから、忙しくさせてしまったことに責任を感じているんだと思います」

松下の気遣いは、今の恵吾からすれば、晃司に連絡をするようにと背中を押されている気がしてならない。実は裏で繋《つな》がっているんじゃないかというタイミングの良さだ。

「わかったよ。今日は早く帰る」

恵吾は苦笑を浮かべつつ、松下に伝わるだろうことを想定して白井に答えた。

恵吾の返事を受け、安心したように微笑《ほほえ》んだ白井が、小さく頭を下げて、部屋を出て行く。

これでもう晃司に連絡を取らずにいる理由がなくなった。それなのに、恵吾の手は携帯電話になかなか伸びない。

晃司はきっとただ礼を言いたいだけなのだ。そう思い込もうとしても、それなら事務所宛てに電話をかけてくれれば済む話だ。他にも何か言いたいことがあるから、こんな回りくどいことをしたのだろう。

だが、いつまでもそれが何かと頭を悩ませるくらいなら、電話をしてその理由を確かめたほうが早い。恵吾は迷いを振り切り、携帯電話を手に取った。

名刺を確認しながら、初めての番号を慎重に押していく。全ての数字を押し終えて、携帯電話を耳に当ててすぐだった。

『もしもし?』

知らない番号からだからなのか、警戒したように問いかけてくる声は、数時間前に別れたばかりの晃司のものだった。

「藤野だ。なんなんだ、これは?」

『うちの親が事務所の方にも礼をしておけと煩《うるさ》いんだ。そんなに急がなくてもいいと言ったんだが、これなら確実に喜んでもらえるからと菓子折まで用意されてたんでな』

挨拶もせずに詰問した恵吾に、晃司が笑いを含んだ声で答えた。

「確かに、うちの女性陣は喜んでたが……」

言いたいのはそんなことじゃないのだと、言外に匂わせた恵吾に、晃司が本題を切り出してきた。

『会えないか?』

「電話で済まない用なのか?」

『ああ。電話じゃ無理だ』

晃司の声には、真剣な響きが感じられた。何か面と向かってでしか話せない、大事な用があるらしい。

全く見当がつかないわけではなかった。ただ、完全にそうだとも言い切れない。だから、確かめるためにも、恵吾は会おうと思った。

「わかった。今日の夜なら時間が取れる」

『俺のほうに問題はない』

「お前、今はどこにいるんだ？　実家か？」

さすがに事件現場のマンションには帰れないだろうと、恵吾は問いかける。

『いや、新しいマンションだ。親の持ってるマンションが他にもあったからな。実家も前のマンションもマスコミが押しかけてきているらしいんだ』

「無実だと判決が出たのにか？」

『だからだよ。これで小笠原グループに気兼ねせず、堂々と記事にできるっていうんだろ。俺を冤罪《えんざい》で逮捕されたかわいそうな被害者に祭り上げるつもりなんじゃないのか？』

「同じ業界にいるからよくわかるって？」

揶揄《やゆ》するように尋ねると、晃司はああと苦笑いで認めた。

「だったら、しばらくは出歩かないほうがいいんじゃないのか？」

『まあ、落ち着くまで控えるようには言われてる』

「だったら、俺がそのマンションに行く」

『……いいのか？』

一瞬の沈黙の後、晃司が問いかけてくる。

「ああ。ただし、何時になるかわからないぞ」

早めに仕事を終わらせるとは言ったものの、どんな急用が入るかわからないから、今の時点で時間の約束はできなかった。

『構わない。どうせ、部屋にいるんだ』

晃司はそう言ってから、マンションの住所を恵吾に教えた。おそらくタクシーで行くことになるから、住所さえわかれば辿《たど》り着けるだろう。

「それじゃ、また後で」

恵吾は電話を切ると、これでもう悩む必要はなくなったと、山積みになっていた書類に目を通し始めた。

結局、恵吾が晃司のマンションを訪ねたのは、午後九時を過ぎてからだった。仕事自体は松下に言われたように早く終わらせたのだが、実はその助言には祝勝会兼慰労会を開こうという松下の思惑があったからだった。当事者である恵吾が断るわけにもいかず、そこで御馳走《ごちそう》になっていたら、この時刻になってしまった。

前回同様、今度もまた豪華なマンションだった。当然のようにコンシェルジュがいて、エントランスで止められた。そこから晃司に連絡が行き、晴れて奥へと通されるというシステムも前のマンションも同じだ。

「いらっしゃい」

インターホンを押した恵吾を、待ち構えていたのかすぐにドアが開き、晃司が出迎える。

「今度もすごいマンションだな」

恵吾は素直な感想を呆れた声で口にしながら、晃司の後に続いて中へと進んでいった。今日、越してきたばかりだというのに、高価そうな家具の置かれたリビングは、一人暮らしに必要なのかというほど広かった。

「事件のせいで、これまで放任だった親が心配性になったんだよ。親が持ってる中で、ここが一番、セキュリティがしっかりしているらしい。住む場所くらいで安心させられるのなら、言うとおりにするさ」

「これも親孝行か。お前にとっても悪い条件じゃないんだ。甘んじて受けろ」

諭すように言うと、晃司はフッと口元を緩めた。

「この時間なら、もうメシは食ってるんだろ？」

「お前の裁判の祝勝会を開いてもらってた」

それなら何か飲み物でも出そうと、晃司はキッチンに移動し、恵吾は勧められたソファに腰を下ろす。

「そのうち、俺の親からも食事会に呼ばれるぞ。どうしても礼がしたいと言ってたからな」

「小笠原グループと繋がりが持てるんだ。喜んで招待に応じるに決まってるだろ」

恵吾は澄まして答えた。そもそも最初はそれが目的で弁護を引き受けたのだから、その展開を拒む理由は恵吾にはない。

「俺の前でよく平然とそういうことが言えるよな」

「家業を継がないお前には関係のない話じゃないのか？」

「確かに、俺が口を挟むことじゃないか」

晃司が納得したように笑って言った。それから、両手に缶ビールを持って、リビングに戻ってきた。

「ワインが出てくるかと思った」

この部屋なら、缶ビールよりもワインやシャンパンのほうが似合いそうで、恵吾の希望ではなく、感想として言ってみた。

「まだそこまで用意できてない。さっき近くのコンビニで買ってきたんだよ」

晃司がいつこの部屋に到着したのかわからないが、裁判所で別れたのは昼前だ。どれだけ長く見積もっても、半日もなかったはずなのに、恵吾と連絡を取るために菓子折を送ってきたり、恵吾を迎えるために買い物に行ったりと、少ない時間の多くを恵吾のために費やしている。それが恵吾をいい気分にさせた。

だから、晃司が隣に腰を下ろし、ビールで乾杯を求めてきても、機嫌よく、それに応じた。

「ここでも祝勝会か？」

恵吾は一口飲んだビールで喉を潤してから問いかける。

「祝勝会がご希望なら、また別にちゃんとした店を用意する。今はちゃんと礼を言わせてくれ」

晃司も一口だけビールを飲み、缶をテーブルに置くと、改まった口調で切り出してきた。

「お前には感謝してる。まさか、本当に俺たちの関係を明らかにせずに、事件を解決させるなんてな。お前のおかげで、阿部が守り続けた秘密を守り抜けたんだ」

真剣な口調で晃司が礼の言葉を口にした。

「事件を解決したのは俺じゃない。俺は証拠のない仮説を積み立てただけで、実際に証拠を見つけ出したのは警察だ。だから逮捕もできたんだ」

謙遜ではなく、恵吾は本気でそう思っていた。それも、自らの足で聞き込みをしたり、現場検証をしてみたりと、捜査の真似事《まねごと》をしてみた結果だ。おかげで刑事裁判の難しさを痛感した。

「だが、最初に真相に気付いたのが警察だったら、遠慮なく俺たちの関係を明らかにしていただろう」

「事件を解明するのに、過去の話は関係ないからな。言う必要はなかった」

「俺を弁護してくれたのがお前でよかった」

晃司がまた感謝の言葉を口にする。恵吾はそれを素直に受け止めればいいのだろう。だが、できなかった。さっきから晃司が繰り返す『俺たち』という言葉が、苦い薬を飲んだ後のような、気持ち悪さを恵吾に与えていた。

亡くなった阿部を今でも身内扱いしている。そうでなければ、『俺たち』とは言えないはずだ。

「まだ引き摺《ず》ってるのか？」

つい口を突いて出てきた言葉に、恵吾は自分でも驚いた。けれど、それを晃司に悟られたくなくて、なんでもないように表情を取り繕う。

「引き摺るって、阿部のことをか？」

意外そうに問い返され、恵吾はそうだと頷く。

「最後があれじゃ、忘れるのは無理だろ」

晃司が自嘲めいた笑みを浮かべる。いくら十年以上も前に終わった関係だとはいえ、殺人事件の被害者となって、永遠の別れを迎えてしまったのだ。忘れろというほうが無理な話だ。

「こんな言い方をしてはなんだが、彼にしてみれば、本望かもしれないな。お前にずっと想《おも》っていてもらえるんだ」

阿部が晃司とやり直したがっていたことは、晃司から聞かされていた。そして、晃司が拒否していたこともだ。恵吾には理解できない感情なのだが、報われないのなら、せめて、相手の記憶に居続けたいと願うこともあるらしい。

「お前、もしかして、阿部に嫉妬してるのか？」

「なんで俺が……」

ありえないと反論しかけた恵吾に、晃司がもとよりそれほど広くなかった二人の間の距離をさらに詰めてきた。まだ互いに触れてはいないが、体温が伝わってきそうなほど近くに晃司がいる。

「そうであってほしいという俺の願望だ」

まっすぐ見つめる晃司の瞳が恵吾を捉え、視線を外すことができなくなる。

「俺のことを信じて、守ろうとしてくれたお前に、いつの間にか惹《ひ》かれていた。ただ依頼されたから、俺が小笠原グループの一員だからで、お前の熱意を済ませたくないんだ」

晃司の熱い告白に、恵吾は慣れない刑事裁判に夢中になっていたときを思い返す。果たして、自分は仕事だからというだけで、あそこまでしたのだろうか。一ヶ月以上、自分の時間など一切なかった。睡眠時間を削ってまで、晃司の無実を証明するために走り回っていた。どうしても自分の手で、晃司を守りたい。それしか考えていなかった。

「お前も知ってると思うけど、俺の専門は民事だ。刑事裁判なんてやりたくなかった。

最初の頃は他の弁護士に任せようかと考えたこともある」

恵吾はポツリポツリと独り言のように、心境を吐露していく。打ち明けられた晃司の想いには、無視できない強さがあった。

「でもできなかった？」

「事件の真相よりも、お前のことをもっと知りたくなった。だから、お前のそばを離れたくなかったんだよ。他の誰にもこの立場を渡せないと……」

恵吾が最後まで言い終える前に、晃司が恵吾を抱き締めた。

「賭けに出て正解だった」

「賭け？」

晃司の肩口に顔を埋《うず》めたままで、恵吾は言葉の意味を問いかける。

「あんな面倒なやり方でも、お前が連絡してきてくれるかどうか、俺にとっては賭けだった。俺の部屋に来たってことは、誤解されてもいいってことだよな？」

表情は見えないものの、晃司の声には嬉《うれ》しそうな響きが感じられた。

先日、恵吾が言った台詞を晃司が持ち出してくる。道理で恵吾がマンションに行くと言ったとき、一瞬の沈黙があったわけだ。

晃司は恵吾を抱き締めたまま、体重をかけてソファに倒れ込む。広いソファは充分に恵吾の体を受け止める。

「なんの真似だ?」

真上から見下ろされるという居心地の悪い状況に、恵吾は顔を顰《しか》め、詰問口調で尋ねた。

「一気に既成事実を作ってしまおうかと思ってな」

「本気で言ってるのか?」

恵吾もいい歳《とし》の大人の男だ。たとえ男同士の経験がなくても、晃司の言葉が何を意味しているのかはわかる。それでも確認せずにいられなかったのは、やはり自分がその立場になることの実感が湧かなかったせいだろう。

「俺がどれだけ禁欲生活を送らされたと思う? そんな俺の前に、好みの男がウロウロしてたんだ。よく耐えたと褒めてほしいくらいだ」

「偉そうに言うな」

恵吾は窘《たしな》めたものの、晃司を押し返すことはできなかった。

自分が人並み以上にもてていたことは自覚している。だが、付き合うとなると別問題で、面倒くささが勝って、女性経験は人並み以下だった。しかも、今は相手が男で、なけなしの経験も役に立ちそうにない。

全く未経験のことに戸惑いもあるし、当然のように押し倒されたことに不満もある。だが、ここで抵抗すれば、もう二度と晃司は手を伸ばしてこないだろう。それだけは確信できた。

「俺は禁欲生活のご褒美か？」

「お前が許してくれるなら」

つまり無理強いはしないということだ。恵吾の決断次第で、この先の展開が決まる。恵吾はほんの数秒、目を伏せた。

「この部屋に来ると決めたときから、多分、俺は許してたんだろうな」

再び、目を開けた恵吾は、晃司を見つめて答えた。

晃司が嬉しそうに微笑み返す。そして、許可を得たのだからとばかりに、恵吾のネクタイに手をかける。

「せめてシャワーくらい浴びさせろ」

このままソファで始めそうな晃司を恵吾は咎《とが》める。

「俺は気にしないが、お前がそうしたいなら、それくらいは待てるさ」

晃司は素直に恵吾の上から体を退かせ、立ち上がる。それから、恵吾が体を起こすのを待って、広い室内をバスルームへと案内した。

「タオルはこの中にある。適当に使ってくれ」

そう言い残して、晃司は脱衣所を出て行った。

一人になった恵吾は目的を果たすため、躊躇《ためら》いなく衣服を脱ぎ捨てていく。そして、最後の一枚を取り去ったとき、ふと我に返った。

裸になることで、これから何をしようとしているのか、それが急に現実となって押し寄せてきたのだ。さっきまではなかった緊張感で足が震えてくる。

だが、もう引き返せない。恵吾は自分を奮い立たせ、バスルームへ進んだ。シャワーの蛇口を捻《ひね》り、頭から湯を被る。

おそらく恵吾がバスルームに入ってから、五分と経《た》っていないだろう。脱衣所から何か物音がしたかと思った瞬間、扉が開いて晃司が入ってきた。

「お前……」

「俺も一緒に汗を流せば、時間短縮だ。お前だけさっぱりしてるのに、俺だけそのままってのは、マナー違反だからな」

晃司は澄ました顔で答えるが、全裸になった股間はそうは言っていなかった。微《かす》かに昂《たか》ぶりを見せていたのだ。

恵吾にとって、自分以外の男の勃起した姿を見るのは初めてのことだ。しかも、それが自分に興奮してなのだから、怯《ひる》みもするし、逃げ出したくもなる。けれど、そうできないのは、恵吾のプライドの高さのせいだ。それに、一度言ったことを覆すのも格好悪い。

股間を隠しもせずに、晃司が近づいてくる。そして、身動きできないでいる恵吾の腰に手を回す。その間もシャワーの湯は恵吾の背中から腰にかけて当たっている。

晃司が濡《ぬ》れた恵吾の唇を求めてきた。この状況で拒めるはずもなく、恵吾は目を閉じて、晃司からのキスを受け入れた。

禁欲生活を送っていたというだけあって、その飢えを満たそうとするかのように、晃司の舌が恵吾の口中を犯した。かといって、自分の快感を追うだけではなかった。縦横無尽に蠢《うごめ》きながら、恵吾の快感を引き出そうとしている。

「ふ……ぁ……」

唇が離れたときには、甘い吐息が漏れるほど、恵吾はキスに酔わされていた。

恵吾の反応に気をよくしたのか、晃司の手が腰を撫《な》で始めた。

「まさか、ここで始めるつもりじゃないだろうな」

「最後まではしないから。一度、抜かせてくれ」

つまりは場所を替えれば、最後までするつもりだということだ。男同士のセックスでも繋がることができるのは知っている。だが、まさか、いきなりそこまで求められるとは思っていなかった。

「お前だって、その気になってるじゃないか」

晃司の視線が二人の間に落とされる。そこには明らかに形を変えた二人分の屹立《きつりつ》があった。

晃司が両手で二人のものを重ね合わせ、包み込む。

「おい」

「抜くだけだ。俺に任せろ」

晃司は安心させるように言ってから、ゆっくりと手を動かし始めた。

「んっ……」

押し殺そうとしても漏れ出た声が、バスルームの中ではやたらに大きく響いて聞こえる。

自分の手でするのとは違う感触が、いつも以上に恵吾を敏感にさせる。男同士だから、どこをどうすれば快感を得られるのか、晃司はよくわかっていた。巧みに恵吾を追い詰めていく。

「は……っ……あぁ……」

恵吾の口からは限界を訴える声が溢《あふ》れ出る。晃司もまた同様な状態であることは、その切羽詰まった表情でわかった。だから、恵吾は自らも中心に手を伸ばした。

「……っ……」

射精の瞬間、恵吾は息を呑《の》み、晃司の手に絡めた指に力を込めた。二人が放ったものは、シャワーの湯が洗い流してくれる。

性急に追い詰められ、精を解き放ったことで、恵吾は呆然《ぼうぜん》として、肩で荒い呼吸を繰り返すしかできないでいた。

「気持ち悪くはなかっただろ？」

「あ、ああ」

結果が出ているだけに、満足げな晃司の問いかけに恵吾は頷くしかない。

「シャワーももういいだろ？」

達したばかりだというのに、晃司はもう次を期待している。催促するように言われて、恵吾は無言で先にバスルームを出た。

教えられた戸棚からバスタオルを取り出し、さっと体を拭いて、腰にそのタオルを巻き付ける。

「今更？」

晃司が微かに笑いを含んだ声で揶揄してくる。

「煩い」

恵吾は短い言葉で反論してから、先に脱衣所を出た。案内はされていないが、寝室の場所はわかっていた。バスルームに来る途中、開け放したドアからベッドが見えていたからだ。

寝室に入り、ベッドの前に到着した途端、後ろからタオルが外された。足下に落ちたタオルを晃司の足が踏む。

「初めてこの部屋を使う日が、お前と一緒だなんて、夢のようだ」

「大げさだろ」

軽口で躱《かわ》そうとした恵吾を、晃司が背中から抱き締める。そのまま強引に振り向かされ、押し倒されるようにベッドに倒れ込んだ。

顔の両側に手を突いて、晃司が再び顔を近づけてきた。

今日、二度目のキスなのに、さっきよりも気持ちが昂ぶる。ベッドの上という状況がそうさせるのか、それとも、次に繋がる行為だとわかっているからだろうか。晃司の頭を抱えるように回した恵吾の両手にも力が籠もる。

舌が絡み合い、唾液が零《こぼ》れ出るほど、口づけを味わってから、晃司は頭を下へとずらしていった。

「ちょっ……、そんなとこ、俺は……」

胸元に顔を埋められ、恵吾は落ち着かずにその頭を引き離そうとした。

「お前が感じなくても、俺はしたいんだ。お前の全身を愛したい」

熱い告白は恵吾を赤面させただけでなく、その動きまで止めてしまう。晃司の頭を掴《つか》んでいた手は離れ、シーツの上へと落とされた。

経験がないから、一般的に知られているようなことくらいしか、男同士のやり方がわからない。だから、晃司に求められると、応えなければいけないような気になってしまう。

大人しくなった恵吾の胸を、晃司は思う存分、弄ぶ。左の小さな尖《とが》りを指先で摘《つま》み上げられ、擦《こす》られる。右側は舌で転がされ、歯で甘噛《あまが》みされる。最初はくすぐったいだけの感覚でしかなかったのに、執拗《しつよう》に繰り返される愛撫《あいぶ》が、恵吾の腰を揺らめかせ始めた。

「あぁ……っ……ん……」

予測できなかった快感に、恵吾は甘く喘《あえ》がされる。

晃司は顔の位置はそのままに、右手だけを下へと移動させる。

「……っ……」

屹立に触れられ、恵吾は息を呑んだ。胸への愛撫だけで昂ぶっていることを晃司に知られてしまった。

晃司が顔を上げ、満足そうに微笑む。

「よかった。大丈夫そうだ」

「それはさっきわかっただろ」

「最初は勢いもあるからな。でも、二度目ともなると本物だ」

恵吾が男に触られて拒否感を示さないか、晃司はそれを心配していたらしい。その心配が払拭された今、晃司の行動はエスカレートする。

晃司の頭が胸とは違う場所をめがけて屈《かが》められた。

「やめっ……ん……」

晃司の目的に気付き、止めようとしたが遅かった。昂ぶりを見せていた恵吾の屹立を晃司は口に含んだのだ。

羞恥で全身が焼けるように熱くなる。相手が男でなくても、恵吾には口で愛撫された経験がなかった。だから、こんなときどうしていればいいのかわからず、ただ身を捩《よじ》るしかできない。

晃司は舌で屹立を舐《な》め回し、先端を唇で吸い上げる。恵吾の中心は完全に勢いを取り戻した。

溢れ出た先走りまで舐め取られ、恵吾は晃司の髪に指を絡ませ、唇を噛み締め、快感を堪《こら》えた。そうしないと、すぐにでも達してしまいそうだったからだ。自分だけ二度目の射精を迎えるのは嫌だった。

晃司は股間に顔を埋めたまま、恵吾の両膝裏に両手を添えた。そして、大きく足を広げると、閉じさせないように自らの体をその間に挟む。

「ひぁっ……」

濡れた何かが後孔をくすぐり、その冷たさに恵吾は小さく悲鳴を上げる。

だが、晃司はそれに構わず、そのまま濡れた何かを後孔に押し込んだ。

「う……っ……」

押し入ってくる異物に恵吾の顔が歪《ゆが》む。おそらく指だろうとわかったところで、圧迫感が薄れるはずもない。自然と体が強《こわ》ばってしまう。

「こっちに集中してろ」

一瞬だけ顔を上げ、命令してから、晃司は再び屹立を口に含む。快感だけを追えと言っているのだろう。その後押しをするように、晃司の唇が恵吾を扱《しご》き上げる。その間も、奥に入った指は何かを探すように蠢いている。

「ああっ……」

指先がある一カ所を掠めた瞬間、恵吾は背を仰《の》け反らせ声を上げた。前立腺があることは知識として知っていても、実際に触れられるのは初めてだ。これまで経験したことのない快感が、圧迫感すら忘れさせる。

ポイントを知った晃司の動きは素早かった。執拗にそこを弄《いじ》くり、なおかつ、屹立を愛撫することも止《や》めない。前と後ろを同時に責められては、経験値の低い恵吾など、一溜《ひとた》まりもない。あっという間に頂点へと登りつめた。

「も……もうっ……」

感じすぎて苦しいと、早く解放してほしいと、恵吾は声を途切れさせながら訴える。だが、無情にもその訴えは晃司が顔を上げたことで却下された。

「どうして……」

「悪い。もう少し我慢してくれ」

そう言うなり、晃司は後孔から指を引き抜き、自由になった両手で恵吾の両足を抱えた。

腰が少し浮き上がり、そこに晃司の腰が押し当てられる。何か固い感触に、恵吾が涙で潤んだ瞳を向けると、固く勃ち上がった晃司の屹立があった。

今から自分を犯そうとしている凶器の大きさに、恵吾は思わず息を呑む。あれが入るとは到底、信じられない。それでも恵吾は逃れようとはせず、ただ視線だけ逸《そ》らした。ここまできて先に進めないのは辛《つら》いことくらい、同じ男としてよくわかる。しかも、いいと言ったのは恵吾なのだ。期待させて裏切る真似はしたくなかった。

晃司が慎重に腰を進めてくる。

「くっ……」

体を引き裂かれそうなほどの衝撃が恵吾を襲う。晃司が充分すぎるほど解《ほぐ》してくれていたはずなのに、恵吾が不慣れなせいだろう。体の力を上手く抜くことができず、どうしても苦痛に顔が歪む。それを隠すため、恵吾は両腕を顔の前で交差して覆った。恵吾に痛みを与えていると知れば、晃司はきっと体を退くだろう。だから、そうさせないため、痛みを訴えそうな声も唇を噛み締めて殺した。

「恵吾」

不意に呼ばれた名前に、恵吾は驚いて思わず顔を覆っていた手を離した。これまで晃司から名前で呼ばれたことは一度もなかった。ずっと『先生』だった。

「俺のために我慢してくれてるんだろ？　残念だが、それはもっと俺を興奮させる」

何を言っているのかと驚いて見つめるしかできないでいると、晃司はふっと口元を緩める。その笑みが今のは冗談だと教えてくれる。きっと痛みで強ばった恵吾の体を解きほぐそうとしたのだろう。

「我慢なんか……」

「してないって?」

恵吾がどうにか強がって振り絞った言葉は、最後まで言い終える前に晃司に奪い取られる。

「だったら、これはどうした?」

晃司の指が恵吾の中心を捉えた。挿入されるまではちきれんばかりに膨脹《ぼうちょう》していたのに、今はすっかり萎えていた。晃司はとっくに気付いていたらしい。

「俺だけ気持ちよくなるんじゃなくて、お前にも俺で気持ちよくなってもらいたいんだ」

「だったら……、お前がなんとかしろ」

晃司のために痛みを堪えようとしたのは事実だが、それを晃司本人に知られてしまうのは気恥ずかしい。それだけ晃司のことを想っているのだと教えているようなものだ。だからつい、恵吾は偉そうな態度で虚勢を張ってしまう。

「確かに、ここは俺が頑張るところだな」

恵吾がどんな態度を取ろうが、晃司の嬉しそうな顔は崩れない。恵吾のことが愛《いと》おしくて堪《たま》らない。そんな表情にしか見えなかった。

晃司が宣言どおり、恵吾の屹立に絡めた指を動かし始める。痛みを薄れさせるためには、それを上回る快感を与えればいい。そう考えているのだろう。

さっきまでさんざん愛撫を受け続けていたそこは、すぐに快感を思い出す。晃司の指はどこをどう触れれば恵吾が感じるのかを、既に熟知しているようだった。

恵吾の口から再び甘い吐息が漏れ始めるのと同時に、晃司の手の中のものが勢いを取り戻す。晃司は当然、それを見逃さなかった。

「動いていいか？」

恵吾を見つめながら、真剣な顔で晃司が尋ねてくる。恵吾の表情から苦痛が消えているのは、これだけ見つめられれば隠しようがない。恵吾は大丈夫という気持ちを込めて、無言で頷いた。

「は……あぁ……っ……」

息遣いにやがて喘ぎが交じり始める。晃司が腰を打ち付けるリズムに合わせ、息が上がる。

固い屹立が押し広げながら肉壁を擦り上げる。最初は痛みしか感じなかったのに、それすら、背筋が震えるような快感に変わっていた。

「早く……も……いいっ……」

もう充分だ。このままではおかしくなってしまう。そんな恵吾の必死の訴えが、ようやく晃司に届いた。

晃司が改めて恵吾の腰を抱え直す。そして、体勢を整えてから、一気に奥まで突き刺した。それが最後の一押しになった。

「ああっ……」

恵吾は一際大きな悲鳴を上げ、迸《ほとばし》りを解き放った。それと同時に体内に感じたことのない熱いものが広がる。晃司も達したのだと、ずるりと引き出されたときにわかった。

恵吾は呆然として、ただ荒い呼吸を繰り返すだけだった。

寝室に入ってから、どれくらい時間が経ったのだろう。目まぐるしい展開に、あっという間だったような気もするし、快感を引き延ばされたことでやたらと長い時間が過ぎたような気もする。

「お前はやっぱり凄《すご》いな」

満足げな声で晃司が呟く。元々の体力に差があるのか、それともポジションの違いのせいか、晃司にはさほど疲れは見られない。

「何が？」

恵吾は掠れる声で言葉の意味を問いかける。

「無実を言い渡されたとき、こんなに嬉しいことはないと思ったんだが、一日も持たずにそれが塗り替えられた。今がこれまでの人生で最高の瞬間だ」

よほど恵吾とのセックスに満足したらしく、晃司は満面の笑みを浮かべているが、恵吾は今の台詞に納得できなかった。

「馬鹿を言うな。この一ヶ月の俺の苦労はなんだったんだ」

「それがあっての今だろ」

恵吾の不満を晃司は笑顔で躱す。

「それに今も俺のために我慢して頑張ってくれた。その気持ちが嬉しいんだ」

初めて男に抱かれる不安や、体への負担を晃司はちゃんとわかっていた。だからこそ、今のこの笑顔だった。晃司はもちろん恵吾に無理をさせたいわけではないはずだ。ただ、恵吾が無理をしてでも晃司を喜ばせたいと思っていることが実感できて嬉しいのだろう。

「気持ちだけでいいなら、もうしなくていいか？」

恵吾は懲り懲りだというふうに大げさな溜息《ためいき》まで吐《つ》いてみせる。

「いやいやいや、それは無理だろ。お前に触れられなかったときならともかく、今になって我慢なんてできるか」

必死で言い募る晃司がおかしくて、恵吾は吹き出す。

出会ったときから、晃司は感情をコントロールしているようなところが見受けられた。自分がゲイであることを隠したいからでもあったのだろうが、その隙のなさが少し癪《しゃく》に障るときもあった。けれど、今、恵吾の言葉だけで狼狽《うろた》えている。それが恵吾を優越感に浸らせた。きっと過去の恋人たちは、こんな晃司の表情を見たことがないはずだ。

阿部のことをずっと引き摺っていたせいで、晃司は人付き合いに際して、どこか引いたところがあった。出会った当初に、恵吾が実際に感じた印象でもあるし、聞き込みをして得た、周辺の人間からの証言でもそう感じていた。自分で作り上げた『小笠原晃司』を演じているようにさえ思えたのだ。それが恵吾と接しているうちに、どんどん素の表情を見せ始めた。

恵吾には本当の自分を見せている。今思えば、そう気付いたときから、恵吾の中で晃司は特別な存在になっていたのだろう。

阿部のように一生、消えない傷となって残るよりも、どうせなら誰よりも愛された恋人になりたい。無謀にも思えた刑事裁判で勝訴した日だからだろうか。そんな願いも叶《かな》う気がした。

独占の権利

あの裁判が終わって、一ヶ月が過ぎた。こうしてこの豪奢《ごうしゃ》なマンションを訪れることにも、すっかり慣れた。

藤野恵吾《ふじのけいご》はいつものように、エントランスからコンシェルジュたちのいるフロント前を挨拶だけして通り過ぎようとした。

このマンションで暮らす小笠原晃司《おがさわらこうじ》は、恵吾の恋人だ。だが、それは二人だけの秘密で、周囲には友人で通している。それはコンシェルジュたちに対しても同じで、恵吾は親しい友人だから、いつでも通してもらって構わないと伝えてあるということだった。だから、これまで恵吾がエントランスで引き留められたことはなかった。

だが、今日は違った。

「藤野さん、少しよろしいですか?」

すっかり顔馴染《なじ》みになったコンシェルジュの高橋《たかはし》が、神妙な顔つきで問いかけてきた。

「ええ。大丈夫ですが、どうかしましたか?」

弁護士という職業柄、人から相談を持ちかけられるのは慣れている。たとえ普段は企業を相手にしかしていないにしても、恵吾は人当たりのいい笑顔を浮かべて問い返した。

それに、全くの見ず知らずの人間ならともかく、日頃、晃司が世話になっているコンシェルジュなのだから、無下にはできない。

「実は、先週、藤野さんがここに住んでおられると勘違いした男性が、ここまで入ってこられました。ご用件を伺うと、藤野さんに会いたいとのことで……」

「私にですか？」

恵吾は驚きを隠せず問い返す。まさか、ここに自分を訪ねてくる人間がいるなどと、思ってもいなかったからだ。

通常、住人以外の訪問者に関してコンシェルジュたちはどの部屋に用なのかを尋ねた上で、その住人に確認を取ってからでしか、部屋に続くエレベーターホールへは通さないシステムになっていた。

「もちろん、そんな方は住んでいないと言って、お帰りいただきましたが、私どもに止められなければ、部屋を探すつもりだったのではないかと思われます」

「おそらくそうでしょうね」

恵吾も表情を険しくして、高橋に同意した。

その男は恵吾がここに入るところを、どこかから見ていたに違いない。だからこそ、ここを恵吾のマンションだと思い込んだのだろう。しかも、恵吾の名前まで知っていたということは、通りすがりの無関係の人間でもなさそうだ。おそらく職場であるライフ法律事務所から尾行されたに違いない。高橋が神妙な顔で知らせてきたのも納得できた。

「教えてくださってありがとうございます。気をつけてみます」

「また何かあればお知らせしますので」

さすが高級マンションだけあって、コンシェルジュもよく気が利いている。恵吾は最後にもう一度、会釈をして、その場を立ち去った。

この時刻に訪ねることは、あらかじめメールで晃司には伝えてあった。だから晃司の部屋のインターホンを押すと、誰かを確認することもなく、晃司がドアを開けた。

「いらっしゃい。時間どおりだな」

笑顔で出迎えた晃司に、恵吾は難しい顔で答える。

「次からは、誰かを確認してからドアを開けろよ」

恵吾からいきなりそんなことを言い出され、晃司は訝《いぶか》しげな表情を見せる。

「急にどうしたんだ？」

疑問をぶつけてくる晃司のそばを通り過ぎ、恵吾はリビング目指して歩き出す。もう何度も来ているから、案内は必要なかった。

「ここならセキュリティがしっかりしてるし、目的は俺みたいだから、大丈夫だとは思うが、念のためだ」

「お前が目的って、どういうことだよ」

聞き捨てならないとばかりに、慌てて追いかけてきた晃司が、恵吾の肩を掴《つか》んで振り向かせる。恵吾が何か危ない目に遭っているのかと、晃司の表情は真剣そのものだ。

「たいしたことじゃない」

そう言ってから、恵吾はさっき高橋に教えられたばかりの話を晃司に伝えた。

「お前を訪ねて……」

神妙な顔で聞いていた晃司は、何か思い当たることがあるのか、聞き終えた途端、独り言のように呟《つぶや》く。

「どんな男だったって？」

「いや、そこまでは聞いてない」

「もしかしたら、俺の知り合いかもしれない」

晃司は眉根を寄せ、渋い顔をしながら、予想外のことを言い出した。

「お前の知り合いが俺を尾行？　そんなことをしでかしそうな奴《やつ》なのか？　いや、そもそも、そんな真似《まね》をする理由は？」

矢継ぎ早に尋ねると、晃司が苦笑いで先に座ろうとソファへと恵吾を連れて行く。そうやって並んで座ってから、恵吾の質問に答え始めた。

「裁判を傍聴しに来てたんだよ。そこでお前を見て、一目惚《ひとめぼ》れしたらしい。紹介しろと言われたんだが断った」

「一目惚れって……」

訪ねてきたのは男だと高橋は言っていたのにと、違和感を覚えたが、すぐにそれは解消された。晃司はゲイだ。その知り合いなら、ゲイの可能性は高い。つまりはそういうことなのだろう。

「俺に断られたから、自力でお前に接触しようとしたのかもな」

「ここにお前が住んでると知らないのか？」

「ああ。越してきたのは最近だし、何より、互いの家を行き来するような間柄でもなかった。バーでよく顔を合わす程度だったんだが……」

晃司の口ぶりでは裁判にその男が来たことも想定外だったように聞こえる。それほど親しくないというのも本当のようだ。

「実際、携帯番号も知らないしな。今度、会ったときに確認してみるが、それまでは身の回りに気をつけてくれ」

「むしろ、その知り合いが尾行者なら、気をつける必要もないだろ。別に危害を加えようというわけじゃないんだ」

さっきまでは何か得体の知れないものを相手にするような不安もあったが、正体が判明すれば、それもなくなる。なんだか、急に気持ちが軽くなってきた。

「マンションを突き止めようとしてるのに、そんな気楽に考えてる場合かよ。ストーカー化したらどうするんだ」

「俺は弁護士だぞ。専門外でもそういう輩《やから》への対処方法くらい知っている」

だから心配無用だと、恵吾は笑って答えた。晃司は自分の知り合いだからと責任を感じているのかもしれないが、まだそれらしい人間が訪ねてきたというだけだ。実際に恵吾の周りをうろついているわけでもない。対策を取るのは、何か直接的な行動を取ってきてからでもいいだろう。

「それで、なんて言って断ったんだ?」

恵吾は単純な疑問から尋ねる。今後、誰かに何か言われたときの参考にしようと思ったからだ。

「なんても何も、お前には恋人がいるって言っただけだ。それで充分だろ」

「自分と付き合ってるからだとは言わなかったんだな」

これまでの態度なら、晃司ははっきりと言いそうな気がしたから、恵吾は意外に感じた。

「言いたいのはやまやまだが、俺だけの問題じゃない。お前までゲイだと思われるだろ」

「俺のために言わなかったって」

「言ってよかったのか？　お前の恋人は俺だって？」

晃司がまっすぐに恵吾を見つめて問いかけてくる。その瞳には質問よりも、それ以上の何かが含まれている熱さがあった。晃司の恋人は恵吾だと、改めて、事実を突きつけられ、二人きりで部屋にいることを急に意識し始める。

裁判の後、気持ちを確かめ合い、体を重ねたのは、一ヶ月前のことだ。その間、セックスはおろか、キスすらしていなかった。

確かに、晃司の弁護をしていた影響で、その後の仕事が忙しくなったのは事実だ。それでも、ここに訪ねてくる時間はあった。それでも何もなかったのは、恵吾が意識的に、そんな雰囲気になるのを避けていたせいだ。今もまた、恵吾は不自然に視線を逸《そ》らす。

「俺とこうなったことを後悔してるのか？」

「まさか。だったら、ここには来てない」

恵吾はきっぱりと答え、その勢いで晃司と目を合わせる。いつもはもっと自信に溢《あふ》れた表情をしているのに、今は微《かす》かに陰りが見える。

「だったら、俺に触られるのが嫌なのか？」

「そうじゃない」

どう答えれば、晃司を傷付けずに気持ちを説明できるのか。恵吾は必死で頭を働かせる。

「ただ……」

「ただ？」

言い淀《よど》む恵吾に、晃司は追及の手を緩めない。きっとこの一ヶ月の間、ずっと気にしていたに違いない。やっと今日、思い切って尋ねられたのだから、返事を聞くまでは引き下がらない。そんな意志を感じた。

「男同士でこういうことをするのに慣れてないから、どうしていいかわからないだけだ」

「恥ずかしいってことか？」

「普通は恥ずかしいだろ」

恵吾はやけくそになって言った。

三十を超えた歳《とし》になって、セックスをするのが恥ずかしいのだと言うことすら恥ずかしい。けれど、受け身の立場になり、知らなかった自分を引き出されたことがもっと恥ずかしかった。晃司に抱かれるということは、またあの自分になってしまうということなのだ。

恵吾の態度が本音を語っていると信じさせたのだろう。晃司の表情から数秒前までの不安の色はなくなった。代わりに嬉《うれ》しそうな笑みが浮かんでいる。

「回数をこなせば、そのうち慣れる。しないから慣れないだけだ」

そう言うなり、晃司が強引に恵吾をソファに押し倒す。いきなりのことで抵抗する間もなく、恵吾は背中から倒れ込むしかなかった。

「お前、また……」

頭上から見下ろす晃司に、恵吾は顔を顰《しか》めて不満を訴える。初めてのときもこうして押し倒されたのはまだ記憶に新しい。

「お前がその気になるのを待とうと思ったが、俺がもう限界だ」

晃司の声は切羽詰まっていた。何も知らなかったときなら我慢できた。けれど、一度、その肌の熱さを知ってしまうと、我慢などできない。晃司の態度からは、そんな必死さが感じられた。

恵吾は仕事終わりでまっすぐこの部屋を訪ねたから、スーツ姿だ。その恵吾の首元から、ネクタイが引き抜かれる。

ただネクタイを外すだけの日常的な行為が、晃司の手によってされるだけで、やたらと淫らに感じる。恵吾は思わず息を呑《の》んだ。

「慣れるまでは、俺に無理矢理されたってことでいいから……」

晃司はそう言いながら、恵吾の両手首を左手で一纏《ひとまと》めにすると、まだ手にしたままだったネクタイを使い、胸の前で器用に拘束していく。

「なんの真似だ?」

百パーセントの力は出ないものの、抵抗できないわけではない。だから、押さえ込まれた状況でも、恵吾にはまだ余裕があった。睨《にら》み上げながら問い詰める恵吾に、

「動けなくされたほうが流されやすいだろ?」

晃司はまるで恵吾のためだとでも言いたげに問い返してくる。そして、恵吾の返事を待たずに顔を近づけてきた。

一ヶ月ぶりのキスは、変わらずに熱かった。思いの丈をぶつけるような口づけに、恵吾の体も熱くなってくる。

「ふ……はぁ……」

唇が外れるたび、恵吾は呼吸を求めて喘《あえ》ぐが、すぐにまた捉えられる。そうして、満足するまで恵吾の唇を貪ってから、晃司は顔を上げた。

激しいキスの余韻で、自分の頬が上気しているのが恵吾にもわかる。それを隠すように恵吾は縛られた両手で顔を覆った。

それには構わず、晃司はどれだけ我慢していたのかを伝えるように、荒々しく恵吾のシャツを捲《まく》り上げる。寒さは感じないものの、煌々《こうこう》と照らされた室内で肌を晒《さら》すことに身震いがする。

晃司が胸元に顔を埋《うず》めてきた。男だろうが、胸でも感じることができると恵吾に教えたのは晃司だ。それを再度、思い知らせるように、晃司の舌が胸の小さな尖《とが》りを弄ぶ。

「んっ……」

掠《かす》れた息が恵吾の唇から零《こぼ》れる。舌先で尖りを突かれただけで腰が揺れたのは、既にキスだけで体に火が付いていたからだ。

晃司と抱き合ったのは、たった一度。それでも晃司は的確に恵吾の感じる場所を責め立てる。

「は……あぁ……っ……」

唇で吸い上げられ、舌で転がされ、恵吾の口からは絶え間なく甘い喘ぎが溢れ出る。こんなふうに自分では制御できなくなるから、嫌だったのだ。

快感に流されてしまう。また晃司にされるままになってしまう。そう思っても、もう止められなかった。

晃司の右手が恵吾の股間を探り始めた。まだスラックスを身につけていて、はっきりとは見て取れないが、微かな盛り上がりは触ればわかるはずだ。恵吾は羞恥で身を捩《よじ》って逃れようとした。キスと胸への愛撫《あいぶ》だけで、昂《たか》ぶり始めていることを晃司に知られるのが恥ずかしかった。

カチャリと微かに金属音が耳に届く。それがベルトの金具を外す音だと、腰の辺りをまさぐられる手の感触でわかった。

ボタンを外し、ファスナーを下ろされる。目的は明らかなのに、止めることができなかった。この一ヶ月、我慢していたのだと告白されたばかりだ。セックスに対する考え方は違えど、相手を想《おも》う気持ちは変わらない。積極的に求めることはできなくても、求められることは嬉しかった。

下肢から邪魔な衣類を全て抜き取られ、大事な場所が剥《む》き出しにされる。羞恥で直視できずにいても、そこを晃司が見つめているのは痛いくらいに感じる。

きっと何も知らなかった初めてのときのほうが、こんなに恥ずかしくなかったはずだ。恵吾は堪《たま》らず、縛られた両手を自らの股間に伸ばそうとした。晃司の熱い視線から隠したかったのだ。だが、遅かった。

「あ……っ……」

大きな手の平が恵吾の屹立《きつりつ》を包み込む。既に昂ぶり始めていたそこは、刺激を待ちかねていたように震える。

恵吾も男だ。屹立を扱《しご》かれては感じずにいられない。ツボを押さえた晃司の手によって、恵吾はすぐに追い詰められていく。

「は……あぁ……んっ……」

甘く掠れた息が静かな室内に響き渡る。晃司が指を動かすたびに、押し出されるように恵吾の息が上がる。

快感に流される……。

一方的に与えられるだけでは、同じ男として情けないと思うものの、恵吾はただ快感の波に飲み込まれる。相手が晃司でなければ、きっとこんなには感じないはずだ。

今、屹立に触れているのは晃司の指だとわかっているから、おかしいくらいに体が熱くなる。

「随分とよさそうだな」

手を動かしながら、晃司が満足げに囁《ささや》きかけてくる。

「煩いっ……」

ムッとして反射的に言い返した恵吾は、このときようやく晃司の顔を見た。

揶揄《やゆ》するような口調とは裏腹に、晃司の瞳は熱を帯びていて、思わず息を呑む。恵吾を昂ぶらせることしかしていないが、晃司のほうが切羽詰まっているとは、最初から言われていた。

「俺だけ……でいいのか？」

恵吾は言葉を途切れさせながらも問いかける。

セックスが互いの気持ちを確かめ合い、高め合うための行為なら、恵吾からも行動を起こさなければならないのだが、まだそこまではできない。それなら、自分には何ができるのか。晃司の望みを受け入れることだ。

恵吾の問いかけの意味を悟り、晃司がゴクリと生唾を飲み込む。

「いいのか？」

「嫌なら、最初からこんな格好を晒すか」

晃司だからこそ、恥ずかしさを我慢できるのだと、恵吾はぶっきらぼうに答えた。そんな言い方でしか、気持ちを伝えることができなかったが、晃司には充分すぎるくらいに伝わった。

晃司が何かを探すように視線を巡らす。その理由に恵吾が気付いたのは、晃司が探すのを諦めてからだった。

晃司が恵吾の両足を開かせると、膝裏を掴んで腰が浮き上がるほど折り曲げる。

「ちょっ……」

あまりの体勢に、恵吾は抗議の声を上げたが、続く晃司の行動に言葉を失った。晃司の頭が恵吾の股間の奥に埋まっている。

「やめ……あぁ……」

秘められた奥に指とは違う感触の濡《ぬ》れた何かが触れられ、恵吾は上ずった声を上げる。それが晃司の舌であることは確かめるまでもなかった。

勢いで始めてしまったから、寝室と違ってリビングには何の準備もしていないのだろう。初めてのときには使ったローションもコンドームもここにはなかった。けれど、取りに行っていては、せっかく恵吾がその気になったのに、ぶちこわしになってしまう。晃司はそんなふうに考えたのかもしれないが、だからといって、そんな場所を舐《な》められるとは思ってもみなかった。

ぴちゃぴちゃとわざと音を立てて舐められ、羞恥心を煽《あお》られる。

舐められている後孔だけでなく、その周辺にも熱い息がかかり、股間が痛いくらいに張り詰めてくる。羞恥が興奮となって、ますます恵吾を昂ぶらせていた。

「う……くぅ……」

柔らかい舌以外の何か、おそらく指が恵吾の中に押し入ってきた。堪《こら》えきれずに苦しげな息が漏れる。

「悪い、少しだけ我慢してくれ」

負担を与えていることを感じているのだろう。晃司は申し訳なさそうに言いながらも、奥に押し込んだ指を抜こうとはしなかった。

中で指がぐるりと回され、恵吾は顔を顰めて、息を詰める。まだ緊張で強《こわ》ばった体は、その指を押し返そうとするかのように締め付けている。恵吾自身にそんなつもりはなくても、体は言うことを聞かない。無意識に異物を排除しようとしているのだろう。

「や……あぁ……」

恵吾の屹立に再び晃司の指が絡む。その間も後孔を舐める舌は動きを止めず、中に収められた指も動き続けている。前と後ろを同時に責められ、快感など感じる余裕もなかったはずの後孔がひくつき始める。

恵吾の変化を晃司は敏感に感じ取った。すぐさま指を二本に増やし、押し広げるようにしながら中を掻《か》き回す。

あり得ない場所で感じる指の形が、恵吾を狂わせる。指先が前立腺を擦《こす》り上げると、もう淫らな喘ぎしか出なくなっていた。

指がさらに増やされる。そのたびに奥には唾液が注ぎ込まれ、ぬちゃぬちゃと掻き回す音が耳を犯した。

「もうっ……早く……」

感じすぎて理性を失くした恵吾は、譫言《うわごと》のように解放を求める。それが晃司を煽ることになると気付く余裕など一欠片《ひとかけら》も残っていない。

「な……？」

不意に指が引き抜かれ、恵吾は潤んだ瞳でどうしてと問いかける。晃司はその答えを行動で示した。

右足を持ち上げられ、晃司の肩に乗せられる。両手も縛られたままだし、そんな不自由な体勢を取らされては、恵吾は逃れようもない。

「あぁっ……」

押し入ってくる固い凶器に、恵吾は悲鳴を上げる。

晃司は時間をかけて丹念に解《ほぐ》してくれていた。それでも、晃司の大きさを受け入れるには充分ではなかったようだ。

恵吾の後孔が晃司の大きさに広がり、屹立を包み込む。一ミリの隙もないほど、ぴったりとはまり、晃司も身動きができないでいた。

恵吾のぼやけた視界の中に、苦しげに顔を顰めた晃司が映り込む。

恵吾は縛られた両手を伸ばす。そっと晃司の頬に触れると、晃司が驚いたようにビクリと体を震わせた。

苦しいのは同じ。そうわかったから、恵吾は体の力を抜くことができた。

「恵吾……？」

驚いたように名を呼ぶ晃司に、恵吾はうっすらと微笑《ほほえ》みかける。

「もう……大丈夫だから」

だから、動いていいのだと晃司に伝えた。挿入の衝撃で萎えかけていた恵吾の屹立も、今は勢いを取り戻している。体内に広がる晃司の熱が恵吾にも伝染したようなものだ。

晃司は小さく頷《うなず》き、右手を恵吾の腰に添え、左手で恵吾の右足の膝裏を掴み、体勢を整える。それから、ゆっくりと腰を使い始めた。

「あ……はぁ……ああ……」

晃司が腰を使うたび、声が押し出される。はっきりと感じていると伝える喘ぎが、晃司の動きを加速させた。

晃司は夢中になって腰を使い、恵吾もまた与えられる刺激に嬌声《きようせい》を上げ続ける。

「も……いくっ……」

恵吾の訴えを受け、晃司は一際大きく腰を突き上げた。

「……っ……」

最後の瞬間は声も出なかった。声にならない息を漏らし、解き放たれた迸《ほとばし》りが恵吾の股間を濡らす。晃司はそれに少し遅れ、自身を引き抜いてから射精した。

ソファの上で最後までしてしまった。恵吾のこれまでの人生で、ベッドの上以外でセックスをしたのは初めてだ。そのがっつき具合と余裕のなさに、恵吾は自分自身のことながら呆《あき》れ果てた。

「もう三十も過ぎてるっていうのに……」

自らの姿を見下ろし、苦笑いで呟く。下半身は全て剥ぎ取られているが、スーツの上着はそのままで、シャツを首元まで捲り上げられた格好だ。晃司はというと、前を開けて下着をずらしただけで、いかに余裕がなかったかを如実に表していた。

「それが最初の感想か？」

「他にどう言ってほしいんだ？　十代でもないのに焦りすぎだろう」

「それは言えてる」

晃司もさっきまでの自分を思い返したのか、おかしそうにクッと喉を鳴らして笑った。

「こんなことまでしてしまうしな」

晃司はそう言いながら、恵吾の両手を拘束していたネクタイを外す。

「痕は残ってないみたいだな」

恵吾の手を持ち上げ、しげしげと眺めてから、晃司が言った。

「あってたまるか。おかしな趣味があるように思われたらどうするんだ」

「そのときは俺が責任を取る。おかしな趣味があるのは俺だってな」

「そんな言い訳、誰にできるって？」

恵吾は軽く晃司を睨み付け、剥き出しになった股間を隠そうとシャツの裾を引っ張った。冷静になってみると、どうしようもなくこの格好は恥ずかしい。だが、体を起こして、床に転がった服を身につける気力はなかった。

「今更、隠さなくてもいいだろ」

笑いながらも、晃司は自分がしたことだからか、着ていたシャツを脱ぎ、恵吾の腰の辺りに被《かぶ》せてきた。

まだみっともない格好であることには変わりないのだが、見えていないだけでも気分的には楽になった。だから、恵吾は寝転がったままで、晃司を見上げる。

「初めてのときよりは体が楽そうだな」

「楽ならとっくにシャワーを浴びに行ってる。動けないことくらい、見ればわかるだろ」

「俺のそばにいたいのかと思った」

行為の最中は必死だったくせに、晃司には軽口を叩《たた》く余裕が戻っていた。

「少しは慣れたか？」

「たった二回で慣れるか」

「それなら、すぐに三回目を始めてもいいんだが……」

思わせぶりな言葉と視線を投げかけられ、恵吾はその意味に気付いて絶句した。それでも、黙っていては了解のサインに取られかねないと、慌てて否定する。

「い、いい。今はもう充分だ」

「今でなければいいんだな?」

「それは……」

理詰めで相手を言い負かすのが商売とも言える恵吾が、珍しく揚げ足を取られ、言葉に詰まる。

「明日は休みだ。今日は泊まっていけるんだろう?」

疑問形でありながらも、晃司の口ぶりは、質問ではなく確定事項の確認としか聞こえなかった。

確かに明日は土曜で仕事は休みだ。休日出勤しなければならないほど、今は忙しくないし、急いで帰らなければならない理由もない。それに恋人同士なのだから、恋人の部屋に泊まるのも自然なことだ。

そう思うのに、すぐには頷けない。頷いてしまうと、三度目を受け入れたことになってしまうからだ。

返事を躊躇う恵吾を見て、晃司が堪えきれないと吹き出した。

「裁判でのお前とは、まるで別人だな。初々しすぎる」

「悪かったな」

「いや。そのギャップが堪らない」

「馬鹿じゃないのか」

恵吾はうっすらと顔を赤くして、毒づいた。いつもならもっとスマートに言い返せるのに、今はどうにも分が悪かった。

「やっぱり、明日にでもバーに行って、あいつに釘《くぎ》を刺してくる。本当に、お前をつけてきたのがあの男なら、二度と近づくなってな」

「急にどうした？」

いきなり最初の話を持ち出した晃司に、恵吾は訝しげに問いかける。

「仕事モードのお前なら、どんな相手が来たってやり込められるだろう。だが、プライベートなら、今のように無防備になることだってある。そんな顔、他の誰にも見せたくない」

晃司から向けられたのは、強い独占欲だ。恵吾が過去に付き合った女性たちは、皆、どこかクールで、嫉妬を見せることがなかった。恵吾が理知的な女性が好きだと、嫉妬するのは愚かなことだと、付き合う前に言ったせいかもしれない。

だが、実際にこうして独占欲を見せられると、予想外に心地よかった。それだけ自分を愛しているのだと思い知らされるからだ。

「釘を刺してくるなら、はっきり言っておけ。俺の恋人はお前だってな」

「いいのか？」

晃司が驚いた顔で問いかける。間接的にゲイだとカミングアウトするようなものだから、驚くのも無理はない。

「嫉妬するのがお前だけだと思うなよ。恋人の存在はお前の周囲への牽制《けんせい》になるからな」

ようやく本来の自分を取り戻した恵吾は、偉そうな態度で言った。もっとも、まだ起き上がれない状態だから、冷静に見ると滑稽なのだが、晃司は全く気にした様子はない。ただ恵吾の言葉の意味を噛《か》み締めているようだった。

「お前を独占していいのは、俺だけに許された権利だろ？」

恵吾がさらに追い打ちをかける。本当に愛している相手からなら、独占欲も心地いいと教えてくれたのは晃司だ。だから、恵吾もその心地よさを晃司に教えてあげたかった。

「弁護士らしい言い方だな」

「何か問題でも？」

「いや、ない」

きっぱりと答えた晃司の顔に笑みが広がる。やはり、晃司も独占欲に心地よさを感じたようだ。

同じ気持ちを味わえたことが嬉しくて、恵吾の口元も自然と綻んだ。

あとがき

このたびは、『推定恋情』を手にとっていただき、ありがとうございます。

この話は、私としては、ちょっと冒険かなというネタ選びではあったのですが、フルール文庫様に寛大な心で認めていただき、こうして世に出すことができました。感無量でございます。

素敵なイラストを描いてくださった、緒笠原《おがさわら》くえん様、イメージどおりの二人をありがとうございました。実は完成前にラフを見せていただいたので、最後の追い込みはそのイラストのおかげで乗り切れたと言っても過言ではありません。

いろいろと……、本当にいろいろとご迷惑をおかけし続けた担当様、最後まで見放さず付き合ってくださり、ありがとうございました。もう東京方面に足を向けて眠れません。

そして、最後にもう一度。この本を手にしてくださった方へ、最大の感謝を込めて、ありがとうございました。

いおかいつき

ありがとうございました。
Qen.

推定恋情

2014年5月15日　初版第1刷発行

著者　いおかいつき
発行者　三坂泰二
編集長　波多野公美
発行所　株式会社 KADOKAWA
〒102-8177　東京都千代田区富士見 2-13-3
03-3238-8521（営業）
編集　メディアファクトリー
0570-002-001（カスタマーサポートセンター）
年末年始を除く平日 10:00 ～ 18:00 まで
印刷・製本　凸版印刷株式会社
ISBN978-4-04-066733-1　C0193

http://www.kadokawa.co.jp/

イラスト　緒笠原くえん
ブックデザイン　ムシカゴグラフィクス

フルール文庫をお買い上げいただきありがとうございます。
この作品を読んでのご意見、ご感想をお待ちしております。

ファンレターのあて先
〒150-0002　東京都渋谷区渋谷 3-3-5　ＮＢＦ渋谷イースト
株式会社 KADOKAWA　フルール編集部気付
「いおかいつき先生」係、「緒笠原くえん先生」係

二次元コードまたはURLより本書に関するアンケートにご協力ください。
※スマートフォンをお使いの方は、読み取りアプリをインストールしてご使用ください。　※一部非対応端末がございます。

http://mf-fleur.jp/contact/